言葉と科学と音楽と

対話

谷川俊太郎

内田義彦

解説＝天野祐吉
竹内敏晴

藤原書店

もくじ

音楽　この不思議なもの……………………………………7
「これが音楽だ！」という体験　9
音楽の感性を育んでくれた環境　13
レコードの聞き方のクセ　18
演奏家に「こだわる」　21
スコアを見て初めてきこえる音　22
感動した最初の記憶　25
好きな音楽の流れ　29
「茶目っぽいもの」が好き　34
体を支配する音楽　37
音楽は予言である　44
音楽の無方向性　48
音楽は文脈と切り離せない　53
抽象的であるゆえに全体に浸透する音楽　57
人間を違うところに導いてしまう　61

ロマン派とは何か　65
密室化するヘッドホン　70
孤独と共同を同時に持てる場所　76
「正確さ」と「個性」──見事なミスタッチの話　80
一人一人を互いに絶対的なものとして大事にする　86

広告的存在としての人間

広告的存在としての人間……………………93
広告力と権力における「平等」　95
イメージと広告は切れてしまったか？　98
情報、販売促進、そして文化現象としての広告　101
「虚」としての言葉のインフレ　105
広告的存在としての人間　108
風物詩としての物売りの声　111
広告を素直に受けとめる　114
広告のナマの声は詩に近い　119
広告と広告でないものとの間　125
ライフスタイルそのものが広告である　130

「帰属意識」と「自己主張」　132
うら悲しくも、ほほえましい　137
退廃だけれど、捨てられないもの　141
にほん語が言葉になるとき……147
——小学教科書試案『にほんご』をめぐって——

教師と生徒のあいだの触媒　149
客観的でありながら詩人特有の目　152
社会科学的にみる眼と詩　155
学問に向いてない方が本物の学問だ　159
言葉という素材の持っている「質感」　161
教科書を忘れたところで構成される「場」　163
想像力の領域をどう扱うか　166
気がつくように仕向ける　169
科学に沿っているけれど科学の目ではない　172
子供の具体的な生活と結びついた言葉　174
言葉を中心にいろんな枝が伸びている　177

多言語状況の中で日本語をとらえる　180
社会科学が日本のリテラチャーになる　182
むずかしい思想をひらがなにひらく　189
やさしいということは高度なことよりむずかしい　194
言葉をひらく　197
抽象した上で現実を見る　201
普通の人がやっている学問的操作　206
「定義」することの大切さ　208
論理を育てる　212
言葉が与えられれば経験がくっつく　216
科学にとらわれず科学的に考える　221

解説　解説という名の広告……………………天野祐吉　227
二つの軌跡……………………………竹内敏晴　234

編集後記　246
初出等一覧　247

対話　言葉と科学と音楽と

カバーデザイン・作間順子

音楽　この不思議なもの

もともと音楽というのは当然からだを含みこんでいるものだと思うんです。

谷川俊太郎

本当に正確に弾くというのは、だれでも同じように弾くことではあるまい。

内田義彦

■「これが音楽だ!」という体験

谷川　自分の音楽体験の一番さかのぼったところからまず話を始めたいと思うんですが、いかがですか。

内田　ああ、いいですね。

谷川　じゃあ、とりあえず、僕のほうからお話ししますとね、僕の場合、音楽に最初に感動したというのが非常にはっきりとした印象として残っていて、それは何かというと信時潔《のぶとききよし》*さんの「海ゆかば」なんです。そのことは文章にも何度か書いてますが、たぶん中学一年くらいのときに、なぜかある日突然、それに感動したらしいんですね(笑)。当時は戦争中だったから、「海ゆかば」はしょっちゅうラジオから流れていた、つまり、敗戦のニュースの前には「海ゆかば」を、勝ったときは「軍艦行進曲」を流すというのが決まっていて、それ

*信時潔　1887-1965, 作曲家。山田耕筰に次ぐ日本作曲界の礎石。

をずっと子供の頃から聞いていたはずなのに、それまではほとんどなにも感じてなくて、本当にある日突然、感動してしまった。で、生まれて初めて母にねだってそのレコードを買ってもらい、繰り返し聴いた記憶があるんです。

それからしばらくして、ベートーヴェン*の「第五」に感動し、これも繰り返し聴いて、それから「エロイカ」に行き、「田園」に行き、というような形で、クラシックはベートーヴェンを入口にして目を開いていったわけですけど、とにかくその前にね、「海ゆかば」があり、それと同時に、北原白秋*が作詞して、やはり信時さんが作曲した「海道東征《かいどうとうせい》」という叙事詩のような曲、ああいうものもとても好きだった。大分あとになって聴きかえしてみると、ちょっとハリウッド音楽みたいなところもあるんですけど……。

内田　しかし、信時さんの曲はいいな。あの人は、どう言ったらいいか、もったいないことをした。

＊ベートーヴェン　1770-1827，ドイツの作曲家。交響曲第三番「英雄（エロイカ）」，第五番「運命」，第六番「田園」，第九番「合唱付」他。
＊北原白秋　1885-1942，詩人，歌人。詩集『邪宗門』他，童謡も多数。

谷川　ともかく、その信時さんの曲で僕は音楽に目を開いた、みたいなところがあるんですが、内田さんの場合にも、何かそんなふうに、これが音楽だ、というような形ではっきりとお感じになられたというようなことがあるんでしょうか。

内田　これが音楽だ、というよりも、そうですね、あれは僕が小学校の何年だったか、高学年のときだったと思いますが、家に温室がありましてね、その世話をするのが好きで、その日も植木に水をやっていたんですが、そのとき、ふっと音が聞こえてきたの。二つの、違った旋律が音になっていて、いや、そうじゃないな、二つの別な旋律がそれぞれ独立に僕の中に入ってきて、僕の中で話し出した。それでびっくり仰天して、気がついたらふだんから〝音楽〟と

僕の場合、音楽に最初に感動したというのが非常にはっきりとした印象として残っている。（谷川）

しては聴きつけていた室内楽のレコードだったんだけれど、これが音楽というものだったのかと思ってね。それから音楽が離れられなくなった。とにかく別個の音が僕の中に入ってきて、僕自身はどっかへ行っちゃった。僕が音楽を聴くなんていう呑気なものじゃなかったな、あれは。それが初体験。

それからもう一つは、やはり同じ頃、『アイーダ』*の例の行進曲。これもレコードで、まあ当時は曲の何たるかも知らずに聞いてたんだが、あのなんともいえない哀傷というかな、行進曲だし勢いはあるんだけれど、その中にこもっている哀しみみたいなもの、そういう感じは初めて覚えたものであって、いわば——後の言葉で整理すれば——人生というものを音楽という媒体によって体験した最初の経験です。だから僕は「第五」を聴いても「アイーダ行進曲」に結びつく傾向がある。dennoch——「にもかかわらず」という感じなんだなあ。まあ、この二つ。

＊『アイーダ』　ヴェルディ作曲の歌劇。劇中歌「凱旋行進曲」が有名。

■音楽の感性を育んでくれた環境

谷川　僕は小学校の二年くらいのときからピアノを習わされましてね、バイエル*からソナチネ*までやらされたりしたんだけれど、結局、才能がなかったらしくて途中でウヤムヤになってしまった（笑）。ただ、うちの場合は母がプロテスタントの学校を出て、芸大のピアノ科を中退したような人だったものだから、僕が幼い頃もうちでピアノを弾いたり歌ったりということがよくありましてね、僕の音楽の環境というのはほとんど完全に西洋音楽の環境だったんです。讃美歌の類と……。

内田　ああ、讃美歌は僕も歌ってた。

別個の音が僕の中に入ってきて、僕自身はどっかへ行っちゃった。（内田）

＊バイエル　ドイツの作曲家バイエルの作ったピアノ教則本。
＊ソナチネ　簡単なソナタ形式の器楽曲。教育用ピアノ独奏曲が多い。

谷川　あ、そうですか。ご家族で？

内田　ええ。それと兄貴が、高校で自然科学者の加藤正《ただし》*さんなんかと一緒にグリー・クラブを作っていて、僕の家で歌ってましたから。僕がピアノの伴奏——のまねごと——をやっている写真も残ってる。

谷川　僕は歌ったりはあまりしなかったけれど、とにかく環境の中に讃美歌はいつもあったという感じですね。父は端唄《はうた》*なんかもある程度好きだったから、そういうレコードもうちの中にあることはあったのに、そういう日本音楽はほとんど耳にしないままで僕は育ったし、お手伝いさんが「とんがらがっちゃいやよ」とか「あなたと呼べば」といった当時の流行歌を口ずさんでいたのをいまも覚えているけれど、どうもそういうものは僕の音楽の感性を育んでくれなくて、僕はいまだに演歌とか歌謡曲がよくわからないところがある。

内田さんの場合はそういう点ではどうなんでしょう。やはり西洋音楽に片寄っ

＊加藤正　1906-1949，編書に『大自然科学史』他。
＊端唄　文化・文政期，江戸で円熟し大成した三味線の歌曲作品群。

ていらした感じですか。

内田　全然片寄ってましたね。少なくとも音楽の場合は。それもクラシック。なかでも圧倒的にドイツ。日本だとか別の他の国、あるいは現代は、音楽以外のジャンルで入ってきました。ただ、音に関するところで言えば、お能なんかの笛ね、あの身のひきしまるような音、西洋の楽器と違って高い倍音を切らないでしょう、あの笛の音の印象は鮮明に残ってますね。やはり身体の中に入りこんで。音体験と言っていい。

谷川　僕も子供の頃からときどきお能には連れて行ってもらってましたけど、ああいう一種の日本音楽独得の間《ま》みたいなものは、割合身についているような気はしますね。西洋音楽の場合は割合、メロディなんかを口ずさんだりし

一種の日本音楽独得の間《ま》みたいなものは、割合身についているような気はしますね。（谷川）

て覚えやすいけれど、お能の音楽というのはそういう形では心に残ってなくて、むしろ笛のアタックの激しさとか、そういうものがからだに入っているという感じがあります。

内田　そう、あのアタックの激しさというか、厳しさは独得のものですね。しかも、それを抜くと僕のすべてが崩壊すると言っていいくらいの位置を確かに僕のなかで持っている、ということに最近は気づいています。しかし、それを意識するようになったのはごく最近で、それも音楽とは別個のところで。たとえば社会科学者として僕がものを把え、理づめに表現する場合の〝ドラマ的なもの〟の本質的な構成要素として。しかし〝音楽〟としてはほとんどまったくヨーロッパ。それもドイツで、その中核が「第五」。

谷川　僕の場合は「第五」には非常に勇気づけられるというか、はげまされるというか。

内田　はげまされるんだけれど、僕の場合は同時に——僕は第二楽章がなかでも好きだったんですが——『アイーダ』の行進曲と同じように、孤独というか一人というものを感じながら聴いてましたね。それと、そうそう、日本音楽で言えば、祭りの太鼓のあのドンドコドンドコという音、あれが好きだったです。音楽とは別ごととして、好きということも意識していなかったけれど、好きだったんだな、いまから思い返せば。いまでもたまらなく好きです。バルトーク*など聴くと、祭りの太鼓とだぶってくる。だから棟方《むなかた》志《し》功《こう》*さんが、ドンドコドンドコ、ドンドコドンドン、ドンドコドンドコ、ドンドコドンと「第九」のメロディを口ずさみながらバレンをこすっているのを見て、そうなんだなと感銘した。あれはねぶた祭りの太鼓なんですね。その通りなんですよ。

あのアタックの激しさというか、厳しさは独得のものですね。それを抜くと僕のすべてが崩壊すると言っていいくらいの位置を持っている。（内田）

＊バルトーク　1881-1945，ハンガリーの作曲家。民族性高い楽曲他。
＊棟方志功　1903-1975，版（板）画家。土俗的でダイナミックな作風。

しかし、当時はそうは考えなかった。ベートーヴェンはベートーヴェン。音楽とはこういうものと思って、音楽ではもっぱらドイツ古典音楽——ある意味では日本の音楽と一番異質なリズム感を持つドイツ古典音楽を聴いてました。そこからはみ出すものは、音楽以外のこととしてそれぞれ大事にしながら。それで良かったと思うんです、僕としては。

レコードの聞き方のクセ

谷川　ご自分で初めてお買いになったレコードというのは覚えてらっしゃいます？

内田　中学四年のとき。その頃やっと日本コロムビアとか日本ポリドールなんかができたんですよ。で、割合、レコードが手に入りやすくなって。レナー*だったかな、モーツァルト*の「二短調の弦楽四重奏」。初めて自分で買って、終生の

＊レナー　レナー四重奏団。
＊モーツァルト　1756-1791，オーストリアの作曲家。「フィガロの結婚」他。

音楽みたいな感じで繰り返し聴きました。

谷川　その頃はもちろんＳＰ＊ですよね。僕も聴き始めはＳＰですけど、僕の聴き方というのは、たとえばＳＰの第三面なら三面の好きなパッセージのあるところだけを繰り返し聴く、というような聴き方でね、全曲を通して聴くというようなことはあまりなかったんですが、そういう聴き方はなさいませんでしたか。

内田　僕は割と通して聴いてました。通して聴けるものを選ぶ傾向があります。だんだんそうなってきた、ということかな。何回も通して聴いてますとね、ある演奏家のものはここが好きだけれど、こっちはいやだ、みたいなことがあって、第二楽章に関しては別のが好きということが出てきますね、聴いて得た確

僕の聴き方というのは、好きなパッセージのあるところだけを繰り返し聴く、というような聴き方でね。（谷川）

＊ＳＰ　レコードの種類(78回転/min)。1963年以後製造されていない。

信として。しかし、まさかバックハウス*とシュナーベル*とケンプ*をつないで一曲を聴くというわけにはいかないわね、通して聴く場合には。それで気に入らん楽章が気になる。いらいらしてくるんですよ。だから、ある曲のレコードで好きなところと嫌いなところがあると、嫌いなところを繰り返し聴いては、こういうつもりでもあるのかなあと聴き耳を立てる。まったくご苦労千万と我ながら苦笑するんだけれど、とにかくそういうクセがあるんですね。嫌いなところ、気になるところをワザワザ選んで繰り返し聴く。最後までどうしてもわからないと、そのうちに見るのもいやになってね、売りとばしちゃうんです（笑）。それでやっとセイセイする。I wash my hands*だ。

　ところが後にまた気になってきて、ああ、あの人はこういう気持であの第三楽章を弾いてたのじゃなかったかな、という気が突然起こって、また買いなおしてみたり……。そんなこともよくあります。最近は不精《ぶしょう》になって、大物とい

＊バックハウス　1884-1969，ドイツのピアニスト。
＊シュナーベル　1882-1951，オーストリア〜アメリカのピアニスト。
＊ケンプ　1895-1991，ドイツのピアニスト，作曲家。
＊I wash my hands.　手を引く，関係を絶つ。

うのかな、来るものは拒まず的に平気でゴチャゴチャしてるけれど。

■演奏家に「こだわる」

谷川　最初から割合、演奏家にこだわってらしたわけですか。たとえば同じ曲を何人もの演奏家でお聴きになる？

内田　それはだんだんそうなりました。前はいまのように演奏家にバラエティがなかったですから。大家ばかり。同じ曲を何人もの演奏家で聴く機会は昔はほとんどなかった。演奏家にこだわるという点は、昔もいまも同じで、昔からこだわるほうだったけれど、そのこだわるという意味はですね、通して聴ける演奏をという意味では徹底的に演奏家にこだわったけれど、Aが好きだか

嫌いなところ、気になるところをワザワザ選んで繰り返し聴く。（内田）

らBは聞かないという意味ではありません。それぞれを通して聴く。通して聴ければ、それぞれに好き。そういう意味では昔から機会がある限り、複数の演奏家をそれぞれ好んで聴きました。ただ、最近のほうがその傾向が強まったと言えそう。レコードも増えましたし、第一、音がよくなったでしょう。音がいいと言い分がわかりやすいんですね。古い録音だと、こちらとピタッと合っていないと聴けない。

スコアを見て初めてきこえる音

谷川　やはりスコア*をごらんになりながら？

内田　見ないと、やはり、わけがわからないでしょう。もっともスコアが読めるわけじゃありません。移調楽器なんてことは論外として、ピアノスコアになっていたって読めないいんですよ、楽譜だけでは。スコアを見たって本当はよ

＊スコア　総譜。すべてのパートを一目に見られるようになっている。

くわからないんだけれど、見ないと第一、チェロとコントラバスの区別もつかない。レコードを聴くのに楽譜があったほうが便利なんですよ。なるほど、スタッカートが打ってあったわいとか。本当は耳が良ければ、そのくらいはスコアがなくても聴けるだろうけれど、スコアで見て初めて聴こえる音というのがあるんです、僕ら素人には。とにかく、SP時代の人は、みんな持ってた。

谷川　そうですね。僕なんかもスコアを買ってきて聴きながら一緒に見たという記憶がある。でも、さっきも申しあげたように、ある非常に短いパッセージだけが気に入って、そこの面しか聴かない、というようなところがあるものだから、音楽の構造とか展開の仕方みたいなことにあまり興味がなくて、その点では内田さんとはっきり聴き方が違う感じがしますね。

ある短いパッセージが気に入って、そこの面しか聴かない、というようなところがある。（谷川）

内田　吉田秀和*さんみたいな、和声学や作曲学を知悉されている方とは全然違って、まったくうらやましいと思うんですけれど、譜を見ても構造的に理解するなんてことは全然できない。僕のはもっと単純なことなんですよ。耳の悪さを補佐してくれるというか、それがないと漠然たる感じになっちゃうんです。おっしゃるような構造というほど高度なものじゃない。

谷川　僕は演奏家というものにほとんどこだわらなくて、僕が聴いた最初の「第五」がたまたまワインガルトナー*の指揮なんですが、その後ずっと長い間、「第五」はワインガルトナーだと思いこんできたみたいなところがあるんです。これで満足していた。まあ、あとになって聴き比べてみたら、どちらかといえばこっちが好きだ、みたいなことはありますけど、それでもやはり楽曲本位、しかもその楽曲の中の好きな楽章、あるいはパッセージ本位というそういう聴き方をいまだにしている。それはもしかしたら、音楽家に対して失礼なのかも

＊吉田秀和　1913-，日本の音楽評論家の草分。『一枚のレコード』他。
＊ワインガルトナー　1863-1942，オーストリアの作曲家，指揮者。

しれないという気もしてるんですけど（笑）……。

内田 いや、そうでもないと思いますよ。このパッセージ一つで、長年音楽を聴き、そしていま演奏会に来た甲斐《かい》があったという聴き手があったら、作曲家は、あるいは演奏家は、満足なんじゃないでしょうか。

感動した最初の記憶

谷川 ちょっとテレくさい話ですが、音楽を聴いて涙を流されたという最初の記憶はいつ頃ですか。

内田 やっぱり、さきほどの『アイーダ』ですね。筋も何も知らないで、だけどあれを聴いて涙を流した。

スコアで見て初めて聴こえる音というのがあるんです、僕ら素人には。（内田）

谷川　小学生の頃でしょう。ずいぶん早熟ですね（笑）。僕の場合は、中学のはじめの頃の感じですね。記憶がもう一つはっきりしないんだけれど、ある日、ラジオでそれを聴いて、なにか雷に打たれたような感じがあった。曲の名前がわからなかったものだから、だれかに聞いた記憶があるんです。それが、「アパッショナータ」*のテーマとバリエーションの楽章だった。それは当時、本当に繰り返し繰り返し聴いてましたね。やはり、他の楽章は聞かないで、そこばっかり。それで、それを一種のインスピレーションみたいにして文章を書いたり。

内田　なるほど。それでその頃、詩は？

谷川　音楽に感動し始めた頃は、まだまったく興味がなかったですね。

内田　むしろ、音楽の中に詩があった？

谷川　そうだと思います。で、僕が音楽に感動した最初の記憶がはっきりし

＊アパッショナータ　熱情。

ているように、〝自然〟に感動した記憶もはっきりしてましてね、これは音楽よりもうちょっと前、小学校の四、五年の頃だったと思いますが、ある朝、隣りの家の庭に生えていた大きなニセアカシアの木の向こうに朝日が昇るのを見て、なにかいままでとまったく違う心の状態になった。それは鮮明に残ってます。だから、僕の場合、徐々に、というのではなくて、ある日パッと一瞬にしてそういう心の状態ができあがるという、なにかとても不思議なんですが、そういう感じが強いんですね。

内田　そこが詩人なんですね。詩が、詩と言われているものの中にはなくて、自然の中にあり、音楽の中にあった。

僕の場合はちょっと違ってましてね、さっきもお話しした温室を兄貴がもっ

僕が音楽に感動した最初の記憶がはっきりしているように、〝自然〟に感動した記憶もはっきりしてましてね。(谷川)

ていて、そこで花に水をやったりするのがずっと好きだったのと、同時に、二番目の兄貴が物理学者の卵だったんで、実験室を持ってたんですよ。それで、僕は小学三年くらいの頃から兄貴の実験室に入りこんで、しょっちゅう実験をやっていた。化学や物理学についての知識を教わる前に、とにかくいろんな実験をやった。知識は別にして実験のことだけだったら、ことによると小学校の先生より僕のほうが上だったんじゃなかったかと思う。とにかく毎日やっていましたから。

で、そのなかで、いまあなたが言われた〝自然〟じゃないけれど、別の形で自然を知った。例えば鉄というのは酸素の中で燃えましょう、普通の〝自然な〟状態では燃えないけれどね。ところが実験をやっていると、〝自然〟が二重に見えてくる。つまり、実験をやってると、普通とは逆に、自然に燃えるべきはずのものが空気中では燃えない、希薄化された自然、混ぜもののある自然の中だから燃えないんだ、というような目が働いてくる。これはのちに社会科学をやるようになって、〝自然状態〟といった言葉を聞いたときに、そういう意味合いで社会科学者は〝自然〟という言葉を使っているということが割合すんなりとわかって、それはやはり、その頃に実験をやったりする中で覚えた感覚ですね。音楽もそういう意味で自然だったんです。つまり、希薄化されない自然という……。

好きな音楽の流れ

谷川　そして聴かれる曲が自然に移り動いていった、ということはありますか。僕の場合は、ベートーヴェンから始まって、チャイコフスキー*とかドボル

音楽もそういう意味で自然だったんです。つまり、希薄化されない自然という……。（内田）

＊チャイコフスキー　1840-1893，ロシアの作曲家。交響曲「悲愴」他。

ザーク*といったロマン派へ行って、それから近代音楽、ラベル*とかドビュッシー*に来る。そしてちょうどその頃詩を書き始めたものだから、同世代の作曲家たちと友だちになって、そのおかげで現代音楽も聴くようになった。クラシック以外のジャズやシャンソンやラテン系のものも聴いてましたけれど、それと大体並行してクラシックは聴き続けていて、ある時期からバッハ*がわかるようになり、モーツァルトは前から好きだったけれどますます好きになり、そしてこの二、三年は、また少しロマン派が面白くなってきた。なにか、そんな大ざっぱな流れが僕の場合にはあるんですが、内田さんはいかがですか。

内田　僕の場合は、徹底的にベートーヴェンでしたね。その回りに他のものが流れこんできているというか。つまり、モーツァルトなんかにしてもベートーヴェンの世界にとけこませたところで聴いていた。モーツァルトのあの楽しい感じのものはずっとあとです。本当に徹底してベートーヴェン。といっても、

＊ドボルザーク　1841-1904, チェコの作曲家。交響曲「新世界より」他。
＊ラベル　1875-1937, フランスの作曲家。「ボレロ」「マ・メール・ロア」他。
＊ドビュッシー　1862-1918, フランスの作曲家。「牧神の午後への前奏曲」他。
＊バッハ　1685-1750, ドイツの作曲家。「マタイ受難曲」「フーガの技法」他。

ベートーヴェンその人ではない。いま考えると、世紀末からワイマール期*にかけて、高度成長のドイツ・軍国的ドイツを批判し、くぐりぬけて、ドイツにおける普遍的なものを求めてベートーヴェンなりゲーテ*なりに辿《たど》りついたでしょう。そのベートーヴェン。

谷川　具体的なベートーヴェンの聴き方としてはどうだったんでしょう。たとえば中期から後期へ、とか、そういう聴き方をなさった記憶がおありですか。

内田　その頃は初期のものを知らなかった。だから中期と後期。後期といっても、中期の到達点として聴いてましたね、当時は。いまは、ごく初期のものと後期のものを好んで聴きます。これは他の作曲家の場合もそうで、初期のものと生涯の終わりに近いものを選んで聴いてますね。齢のせいかも知れません。

この二、三年は、また少しロマン派が面白くなってきた。（谷川）

＊ワイマール期　1919年ワイマールでのドイツ共和国憲法成立から33年のナチス政権掌握による共和国の事実上消滅まで。
＊ゲーテ　1749-1832，ドイツの作家。『ファウスト』他。

ベートーヴェンの場合はとくに初期にいろいろなものがあって、中期の開花からはみ出している。そのはみ出したものが後期に噴出している。

谷川 そうですね。そう思います。僕も割合はやい時期に「第五」から入って、はっきりとは覚えてないんだけれど、やはり後期の弦楽四重奏曲とピアノ・ソナタのほうへ行ったという記憶があります。バッハはいかがですか。

内田 バッハは、ランドフスカ。*後になってシュヴァイツァー。*あれで初めてバッハに触れた。だから、ずいぶん後です。むろんカザルス*は別格だったけれど、そのカザルスもバッハではなくてベートーヴェンの世界にとけこんでいましたね。僕の当時の聴き方では。カザルス＝バッハではなくて、カザルス＝「大公トリオ」*だった。ドルメッチ*のクラヴィコード*なんかは一生懸命聴いたけれど、全然わからなかった。だからその頃の僕はバッハのすごさというのは全然わからなかったと言っていい。やっぱり僕は音楽家じゃないんですね。

＊ランドフスカ　1879-1959，ポーランド〜アメリカのハープシコード奏者。
＊シュヴァイツァー　1875-1965，哲学者・医師でありオルガン演奏家。
＊カザルス　1876-1973，スペインのチェロ奏者。バッハ「無伴奏チェロ」を甦らせた。
＊大公トリオ　ベートーヴェンのピアノ三重奏曲。

それと、僕、バロックが好きになれないんです。否定するわけじゃないけれど、僕が聴くと、どうもイージー・リスニングになっちゃうんです。つっかかってくるものがない。岡本太郎*さんがいつか、座ることを拒否するイス、なんて、面白いことを言ってたけれど、あの感じ、わかるんだなあ。座りこんじゃうと困るんです。

谷川 じゃ、ちょっと飛びますけど、バルトークなんてお好きでしょうね。

内田 大好きです。

谷川 そうでしょうね。近代から現代にかけての作曲家の中で、彼は一番ベートーヴェン的という気がしますね。

内田 バルトークという人は気の毒な気がしてねえ。出てきたときはほとん

僕の場合は、徹底的にベートーヴェンでしたね。(内田)

＊ドルメッチ　1858-1940, イギリスの古楽器研究家。
＊クラヴィコード　鍵盤楽器。
＊岡本太郎　1911-96, 画家。反伝統主義に基づく独自の文化論を展開。

どだれも認めてくれなくて、いまになったら、なんだいまだにバルトークを聴いてるのか、みたいな感じでしょう。なにかわれわれの世代と似たようなところがあって、ちょっと可哀想な気がする（笑）。

■「茶目っぽいもの」が好き

谷川　僕の友人の武満 徹《たけみつとおる》*は、僕が「海ゆかば」に感動したのと同じような意味で、学徒動員中にきいたリュシエンヌ・ボワイエ*に感動したんだそうです。それを聴いて、彼は音楽家になろうと思った、それくらいの影響があったらしい。クラシックを勉強して、現代音楽の作曲家になった武満の音楽のもともとがシャンソンだというところがとても面白いという気がするんですが、そういう意味でのクラシック以外の曲、ポピュラーと言えばいいんでしょうか、そういう音楽をお聴きになったということはありませんか。

＊武満徹　1930-96，作曲家。琵琶，尺八と管弦楽の作品「ノベンバー・ステップス」他。
＊リュシエンヌ・ボワイエ　1903-1983，フランスのシャンソン歌手。

内田　ポピュラーは、音楽としては聴かなかった。ポピュラーに当たるものは、音楽以外のところで親しんでましたね、僕の場合は。何より桂春団治*。中学生くらいから大ファンだったなあ。あれをクレデンザ*でかけて、滅茶苦茶に卑猥なんだけれど、面白かったなあ。友だちに叱られたけれど。大体に、僕は、子供の頃からいたずらっ子で、茶目っぽいことが好きだったんです。具体的な例は省きますけど。だから、音楽でも茶目っぽいものが好き。現代音楽とかポピュラーとかいう形じゃなくて、茶目っぽいのはなんでも好き、というんでしょうか。

谷川　茶目っぽい要素というのは、音楽の中ではとらえがたいし、むしろ少ない要素なんじゃないでしょうか。

内田　ええ。だから、その当時は音楽と茶目っぽさとは僕の場合必ずしも結

茶目っぽい要素というのは、音楽の中ではむしろ少ない要素なんじゃないでしょうか。（谷川）

＊桂春団治　1894-1953，上方落語家。ここでは二代目。
＊クレデンザ　手回し蓄音機。

びっついてなかったんですが、どうも無意識のうちに、僕が音楽を聴く場合、さきほども言った『アイーダ』の悲壮感のようなものと、もう一つ、茶目っぽさみたいなものを求めていたような気がするんです。ベートーヴェンの後期のものなんか、あきらかに茶目っぽさが表に出てますね。

谷川　ああ、確かにありますね。

内田　じつは初期にも強い。中期のものになるとその茶目っぽさが少なくとも表面からは消えて、後期になると全面的に出てくる。初期のもの以上にハッキリした形で。ほとんど粗暴に。そこに彼独得のやさしい心が出ている。そういう後期が好きだった、といま思います。そのときはそうは思わなかったけれど……。

体を支配する音楽

谷川　僕はどうも体質的にリズム感があまりなくて、リズミカルな音楽よりもメロディアスな音楽に魅かれているというところが終始ある。大体、若い頃から緩徐楽章*が好きなんです。例えばピアノなんかを弾いても、これは下手だということもあるんですが、やたらゆっくりしちゃって、お前のは何を弾いても讃美歌に聞こえるって（笑）。バルトークの「子供のために」を弾いてすら、讃美歌だって言われたくらいなんです（笑）。まあ、これは技術の問題でもあるんだけれど、どうも僕は自分の感性の中に、音楽の調べとかハーモニーに魅かれる、というところがあるのは、割合はっきりしているんです。

茶目っぽいのはなんでも好き、というんでしょうか。（内田）

＊緩徐楽章　複数楽章で構成されるソナタや交響曲の第二楽章で，アダージョ，アダージェットなどゆっくりしたテンポで演奏される。

で、これは若い頃になんですが、僕はかなりの聴覚型らしくて、音楽に溺れたようになっていた時期がありましてね、音楽に淫している、という印象を持ったことがある。音楽というものは、人間の心とからだにある秩序を与えてもくれるけれど、同時に秩序を破壊するものじゃないか、とそのとき強く感じた記憶があるんです。だから、音楽を聞くということに僕は必ずしもプラスイメージだけではなくて、なにか、恐い、という感じも持っている。自分が不定形になって流れていってしまいそうな、そんな感覚を持っているんですが、内田さんはそんな感覚をお持ちになったことはありませんか。

内田 それは、確かに恐さも感じますよ。音楽が「自然状態」であるだけに、方向づける力の問題ね。しかし、ちょっと待って下さい。あとまわしにしましょう。その前に、あなたのおっしゃったメロディアスという問題ね。僕にとって音楽の一番音楽らしいところというのは、確かに緩徐楽章が好きだし、一番深いものをそこで感じることは確かなんだけれど、さて、僕にとって音楽だけが与えてくれるものというと……。やっぱり、速い楽章の中で僕にも直接身体に伝わってくるリズムかな。あの身体のなかに入って身体を支配するリズムは他のものでは得られない。ベートーヴェンが本当に言いたいもの、ベートーヴェンらしさが緩徐楽章にあるかどうかは別として、その緩徐楽章も、あの、拍子の論理的化け物みたいな速い楽章に媒介されないと、生きてこないな、僕の場合。

谷川　そういうときはからだも動くんですか。

内田　動いてますね、自然に。この前、どこかで話したんだけれど、僕、オリンピックのウェイトリフティングをテレビで見てましてね、バーベルを睨《にら》み

僕はリズム感があまりなくて、リズミカルな音楽よりもメロディアスな音楽に魅かれる。（谷川）

つけているうちにこちらもだんだん気が入ってきて、エイヤッとやった途端、ギックリ腰おこしちゃった（笑）。それで病院へ行ったんですよ（笑）。そういうのめり込み衝動があって、僕は音楽でも演《や》るのが自分かどうかわからなくなる。

谷川　お話を伺っていると、僕はどうも、きわめて精神的に音楽を聴いてきたような気がしますね（笑）。もともと音楽というのは当然からだを含みこんでいるものだと思うんですが、どうも僕は、とくに若い頃は、そういうからだを含みこんだところを切り捨ててきたようなところがある。いわゆる名曲喫茶スタイルでね、じっとうずくまって、からだの中で何か動いているものをむしろ抑えつけて、そこでみなぎらせて、それに感動するというか、なにかそんな聴き方をしていたような気がします。だから、あまり開放的な聴き方じゃなかった。

内田　逆だったな、僕は。だからレコードでないと具合が悪い点が僕にはある。レコードを聴いてる姿は女房にも見せられないんですよ（笑）。だって、こうやって、すごいんだから（立ちあがって、全身で指揮をする）。

谷川　ご自分で指揮しちゃう。

内田　そう。つい高じてくると。で、私が指揮しているにもかかわらず、彼らはその通り演奏してくれないから、腹が立ってくるんです（笑）。いや、ホント、すごいんだ。しかし、こうして振りまわしているとよく解るよ、いかに全然解っちゃいないかが。6拍子が2拍子になったり3拍子になったり、あるいは2拍子が4拍子になったりぐらいはまだいいんだ。3拍子か2拍子か解らなくなってくるような、考えられないことが出てくる。出てくるんでなくてしょっちゅうなんですよ。とくにフレージング*に気を取られているとそうなんだな。あの、五線とバーという形式は、本当にすごいね。振ってみるとよく解る。そ

僕にとって音楽だけが与えてくれるものというと、直接身体に伝わってくるリズムかな。（内田）

＊フレージング　旋律を楽句（フレーズ）に区切ること。

んな聴き方。やっぱり速い楽章のほうが乗りやすいね。

谷川　それはそうでしょうね。緩徐楽章に乗るのは相当むずかしい。じゃ、あれですね、やっぱりオーケストラを指揮なさりたいと……。

内田　思いますね。絶望的に。だからかえってレコードがいいんですよ。レコードの場合は演奏そのものが気に入らない場合もあれば、オーディオが悪い場合もある。音量を調節したり、バランスをあっちこっち動かしたり、いろいろやってみるけれどこれはどのみち限度があってね。自分では直せない。指揮者を直すわけにいかんし、それと自分の指揮のへたさも自分じゃ直せないわけね（笑）。すると、不満が残ってくる。不満の固まりみたいになることもあるよね。

しかし、不満も残らんようなレコードはそれは問題にならんわけだ。人を引っぱりこんで不満を残すようなものを聴くと、よーし、と思う。そこからは自分の仕事なんです（笑）。底の浅い仕事ではあっても、自分の仕事は自分で直せますからね。あきらめの果ての執念が自然に出てくる。なにか、そんなふうにしてレコードを聴いてますね。手段として聴くんじゃむろんないけれど、結果としてそうなっている。だから、やっぱりバロックはダメなんだな。そういうふうにバロックを聴くのはよくないのかも知れないんですが、僕にとってはそうなんです。

谷川　その場合にバッハもバロックに入っちゃうんですか。

内田　いや、バッハは違う。

谷川　そうですよね。バッハは違うと僕も思います。

内田　バッハをバロックと言われると、僕には抵抗がある。もっともそのあ

もともと音楽というのは当然からだを含みこんでいるものだと思うんです。（谷川）

たりはむずかしくて、よく解らないけれど。ただ、僕の感じはそうです。だからジャズはあまり好きじゃなくて、むしろロックのほうがいい。谷川さんは、音楽と仕事とはどういう感じになりますか。

音楽は予言である

谷川　僕の場合は相当直接的に関係があります。つまり音楽を伴った言葉というものを書いてますから。それは具体的にはフォークソングの作詞であったり、カンタータ*のような形式で作品をいくつか書いて、それに音楽家が曲をつけてくれたものであったり、日本語による創作オペラも短いものですけれど一曲だけやったことがあります。だから、自分の言葉の仕事と音楽というものの関係は、終始一貫考えてきたようなところはありますね。ただ、それが、どちらかというと表面的な関係、技術的な関係であってね、それよりも本当はもっ

＊カンタータ　バロック期に発達した声楽曲。

と深く、詩と音楽というのは結びついているのじゃないか、近い位置にあるのじゃないか、という気はしてます。

さきほど、音楽が一番自然な状態で、言葉は水増しされている、とおっしゃいましたけれど、僕もなんとなく似たようなことを感じてましてね、音楽がやはり最高のもので、詩はその次、という感覚があるんです。友人の作曲家に言わせると、いや、詩のほうがいいんだって言いますから、みんな、ないものねだりしてるみたいなところもありますけど（笑）。

でも、とにかく、僕の感覚で言うと、やはり音楽を、自分の感動したパッセージを聴いていると、自分の認識能力のある限界から一歩先へ行けそうな、そんな気がしてくる。つまり、普通の頭脳の状態だったらここまでしかわからない

不満を残すようなものを聴くと、よーし、と思う。そこからは自分の仕事なんです。（内田）

ものが、音楽を聴いたおかげでちょっと開けて、向こう側が見えそうになる、という感覚。それが、音楽を聴くときの一番の愉しみでもあるし、同時にイライラさせられるところでもある。というのは、その状態をいくら言葉でつかまえようと思ってもどうしてもつかまえられない、ということがありますから。でも、とにかく、音楽はホンの短い時間だけれど、そういうものを垣間《かいま》見せることができる。そして、それがたぶん、内田さんのおっしゃる最も自然である状態、ということにつながるんじゃないか、という気がするんですね。

僕は前に「音楽は予言である」みたいなことを書いたことがあるんですが、言葉というものがどうしても分割し秩序だててしまうのに対して、音楽はまったく多義的なまま現実をすくいとって、その向こう側にあるものを垣間みせてくれる、つまり、言葉の側から言うと、どんな古い音楽でも予言的なものに聞こえる部分があるし、その予言を将来、人類が解読できるかどうかは別にして、そこのところを僕自身は音楽に聴こうとしている、みたいなところはありますね。そして、それは、一つの長い楽曲全体に現われるということが僕にはほとんどなくて、本当に数小節から数十小節の間に現われるという感じなんです。だから、ある時期、その小節ばかりを何回も繰り返し聴いて、あまり聴きすぎてその感覚がなくなると、それは普通の音楽に戻っちゃう。で、また違う音楽の違うパッセージにそういうものを感じて、またそこばかり繰り返し聴く。どうも、非生産的な聴き方をしているんです。

内田 いや、大事な仕事というのは、本当は直接には非生産的なものではなかろうかと思いますよ。繰り返して聴くというのは解るような気がしますね。同じようなことが案外あるのかもしれない。

音楽がやはり最高のもので、詩はその次、という感覚があるんです。（谷川）

■音楽の無方向性

谷川　これも僕は相当若いときに読んで、正確には覚えてないんですが、トルストイ＊が「クロイツェル・ソナタ＊」に一種エロチシズムみたいなものを感じて排除したような発言をしたのを、とても印象深く覚えているんです。当時の僕は音楽というものを信じていたし、「クロイツェル・ソナタ」は精神的に高い作品だ、と思っていたものだから、その発言が意外で、逆に印象に残ったわけですけど。で、それからずっとあとですが、夏の山小屋で一カ月くらい過ごしたことがありましてね。その間まったく音楽に接触しないで暮らしていたんですが、そんなある日、小室等《こむろひとし》さんというフォークの歌手が、新しく結成したばかりのバンドで僕の詩を歌いたいと、仲間の三人と一緒にその山小屋を訪ねてきましてね、その狭い小屋の中でギターを弾きながら歌ってくれたことがある

＊トルストイ　1828-1910，ロシアの小説家・思想家。『戦争と平和』他。
＊クロイツェル・ソナタ　ベートーヴェン作曲の，バイオリンとピアノのためのソナタ。

んです。なんでもない歌だったんですが、そのときそれがすごく肉感的でね、それは長いあいだ音楽に対して禁欲的な生活をしていたせいもあると思うけれど、とにかく生のギターの音が本当に生々しく聞こえた。そのとき初めて、僕は、トルストイの言っていたことがちょっとわかったような気がしたんです。と同時に、自分が若い頃、音楽に淫する、などという言い方を知らず知らずにしていたことが、ふっと腑に落ちたようなところがあった。

僕は、いい音楽・悪い音楽というものはない、つまり、上品な音楽・下品な音楽というのは基本的にはないだろうと思ってる人間なんですが、その音楽を受けとるときのその人間の状態によって、音楽は人を暗い、不健康なところに引きこんだりすることもありうる、そんな気がするんです。

大事な仕事というのは、本当は直接には非生産的なものではなかろうかと思いますよ。(内田)

内田　だと思いますね。ただ、その暗い、不健康な、という場合の健康概念ね、いったい何を指して〝健康〟と言うのか。それと〝恐い〟ということで言えば、モーツァルトを聴きながらアウシュビッツの〝管理〟を果たすとかいう、音楽の持っている抽象性というかな、無方向性。しかもそれ自体は無方向でありながら人を特定の方向に引っぱる力の大きさ、その恐ろしさを感じるんですね。人を引っぱる力の絶対値の大きさ。抽象化されて無方向であるがゆえに、心の奥深くで語りかけ人間の行動を引き出し組織するその力の大きさは演劇を越える。悪魔だか神だか解らんものに神の声を与え、神と同じ組織力を与える。

ドラマトゥルギーというのは、共通の場所の再現ですよね。つまり、お祭り、フェストですから、演じる人も演じない人もその共通の場をいかに再現するか、ということがポイントになる。もともと共通の場にいる人間の集団が、ドラマの進行の過程で、もう一度——今度は意識的に——共通の場を作りあげる、というかな。その共通の場を新たに新鮮に作るために、逆にまったく反対のものに引き裂く、そういうことがありましょう。同じことが音楽にもありましょう。共通の場所へ引っぱる。だけど、その内容、方向はわからん。なにかそこのところが、演劇よりももっと恐ろしい、大きな力を持っているだけに恐ろしい、そんな気がしますね。

谷川　ナチスがワーグナー*を利用した、なんて聞くと、ワーグナーの音楽が悪いというふうに考える人もいるそうですけど、僕は、それはちょっと違うと思うんです。どんな音楽も、どんな目的にも使おうと思えば使える、みたいなところがあるでしょう。その音楽の無方向性、音楽自体はどんな方向性も持ってないというところが、逆に言えば音楽の一番すばらしいところだという気がする。

受けとるときの人間の状態によって、音楽は人を暗い、不健康なところに引きこんだりすることもありうる。(谷川)

*ワーグナー　1813-1883，ドイツの作曲家。歌劇「タンホイザー」，楽劇「ニーベルングの指輪」他。

僕はする。

内田 そうなんです。そう思います。抗いがたい、内面的な声を持っているでしょ、音楽は。それで、人を動かし組織する。

谷川 それはもう、非常に人をアジテートしますね。

内田 内面的であることによってね。政治やその他の及ばぬ力を持つ。そこが音楽のすばらしいところだけれど、恐さもまたそこにある。ベートーヴェンにしたって、ナポレオン戦争*下のウィーンでそういうふうに動員されたことは否定できないでしょう。歴史的に過ぎ去った過去のことではなくて、現に、いま、さまざまな体制の下で、それぞれ体制への組織を内面的に方向づける役割をも果たしている。まともな音楽家ならそれを意識せざるを得ないでしょう。

リヒテル*があれだけシューベルト*にこだわっているのは、一つはそれがあるんじゃないかと思うんです。彼の弾くシューベルトは統合性とは逆のところに

＊ナポレオン戦争　フランスの総裁政府（1795-99）から第一帝政（1804-14）の時期にかけてナポレオン1世が指揮した戦争。
＊リヒテル　1915-97，旧ソ連のピアニスト。
＊シューベルト　1797-1828，オーストリアの作曲家。歌曲で知られる。

あるでしょう。あの孤独ね、あれ意識的に弾いてますよね。ベートーヴェンの遺言執行人たらんことを期しているシューベルトが陥らざるを得ない孤独。それを弾ききらないと、ベートーヴェンはベートーヴェンにならないという。つまり、にせの統合性に対する、あれは一つの抵抗としてのシューベルトじゃないかという気もするんだな。

音楽は文脈と切り離せない

谷川　音楽が非常に肉感的なものだということに関連して、ちょっと話は飛ぶんですが、去年、カラヤン*の記録映画を作るのを手伝いましてね、生まれて初めてザルツブルグに行ったんです。それまで僕はワーグナーというのはほと

音楽それ自体は無方向でありながら人を特定の方向に引っぱる力の大きさ、その恐ろしさを感じるんですね。（内田）

＊カラヤン　1908-89，オーストリアの指揮者。

んど聴いたことがなくて、せいぜい「ジークフリート牧歌*」という短い曲を聞いてたくらい、『指輪*』を聞くなんて野望ははじめからもたない、一種の食わず嫌いだったんですが、そのザルツブルグの復活祭音楽祭で、カラヤンがワーグナーを指揮するのを、しかもそのリハーサルの現場も何時間か聴いてみて、音楽のもつ一種の魔性みたいなものに引きこまれていくような感覚を味わった。我ながらちょっと恐い、という感じがしたんです。ふだん、僕たちは、レコードを通して西洋音楽に接してきているわけだけれど、僕がそのザルツブルグで一番感じたのは、ヨーロッパにはヨーロッパ・アルプスという山があり、ザルツブルグにはザルツブルグの古い街のたたずまいがあって、音楽祭のオープニングの日には、みんなタキシードとイブニングドレスで集まってくる、なにかそういう、その音楽が生まれてくる文脈みたいなもの、その質感みたいなものと、音楽とはやはりどうしても切り離せないという実感があったんです。

＊ジークフリート牧歌　ワーグナー作曲の管弦楽曲。
＊指輪　ワーグナー作曲の楽劇『ニーベルングの指輪』。四部作で，すべて演奏すると15時間程度かかる大作。

カラヤンとベルリン・フィルの関係というのも、僕はそのテレビの仕事をするまでほとんど知らなかったんですが、本を読んだり話を聞いたりしてみると、カラヤンがベルリン・フィルに対してやった一番大きなことは、ベルリン・フィルの音色を作ったということらしい。で、実際に僕が生の演奏を聴いて感じたのもそこのところが一番大きくてね、あれほどきれいな音色で鳴るオーケストラというのは本当に生まれて初めて聞いた、という実感があった。

それはまあ、楽曲の解釈とかいろんなことがあるだろうし、大体僕はそれほど生の演奏をたくさん聴いているわけじゃないから断定はできないんですが、カラヤンがそれほどまでに音色にこだわっているということを、もしかしたらレコードだけでは見落とすかもしれないという気がして……。

音楽が生まれてくる文脈、質感と、音楽とはどうしても切り離せない。（谷川）

内田　そうだと思いますね。

谷川　ええ、もしかすると。で、昔、SPからLP*に移ったときに、やはり音色の再現性が格段に違ってきて、音楽がより肉感的に聴けるようになったという記憶が僕なんかにもあるんだけれど、生で、しかもそういう文化的な文脈の中で聴く音楽というのは、またもう一つまったく異質の体験だった、ということが、僕にはかなりショックだったんですね。それは、大阪で義太夫《ぎだゆう》*を聴いたり、東京で浪花節《なにわぶし》*を聴いたりするのと、ワーグナーのレコードを日本で聴いてるのとは、まったく違う経験かもしれないと思って。

内田　それは、あなたの言われる通りだと思います。音色、楽団に特有の色ということ、その音の色がその地域地域の色というか匂いと感覚的に結びついていて、そこに音楽がその土地の生活から生まれた証左がある。だからその結び目にある色——楽団の色と生活の色——を抜きにして音楽は語れない。言い

＊ＬＰ　レコードの種類（33 1/3回転/min）。
＊義太夫　語り物の一つ。浄瑠璃の流派。
＊浪花節　明治期に発展した語り物。

かえると、音楽の真髄は音色にあり――そしてその音色は完全には、だから絶対に――レコードでは再現されない。おっしゃる通りですね。さきほど言ったリズムの問題も、音色の微妙な、あるいは劇的な変化とからみついていますからね。あるいはリズムも一つの音色でしょうか。

とにかく音色をレコードで聴きとることはむずかしいし、レコードでなくても別の土地、例えば東京で体得することは、やはり、むずかしいでしょうね。少なくとも容易なわざではない。森（有正《ありまさ》）＊さんの、日本人としての絶望的労力が要求される。困難のほどを理解してかかれば解るという意味を含めて。

■抽象的であるゆえに全体に浸透する音楽

音の色がその地域の色、匂いと感覚的に結びついていて、そこに音楽がその土地の生活から生まれた証左がある。（内田）

＊森有正　1911-76，哲学者。パスカル等フランス17世紀思想を研究。

谷川　そうでしょうね。それと、僕はもう一つ、ザルツブルグでカラヤンを聴いて、ロマン派というものが少しわかったような気がしたんです。ロマン派の持っている微妙な肉体感覚、質感みたいなものが、やはりレコードを聴いてるだけでは本当にはとらえ切れてなくて、ヨーロッパのああいう町のああいう空気の中で聴いて初めて、彼らのあいだにロマン主義が生まれたということのわけがわかった。それと、カラヤンという人自身、彼はまあ七十歳になってジェット機の免許を取ったり、速いクルマが好きだったりして、非常に現代的な人間に思われているけれど、そのリハーサルの様子などを見ていると、深いところにロマンチシズムがあるという感じがしましたね。

それと同時に、彼があれだけ偉大になるためには、やはりヨーロッパの音楽的な伝統というものがいかにカラヤンという個人を支えているかということ、そういう伝統があって初めてカラヤンという一個の天才が生まれたということを、うまく言葉にできないんだけれど、はっきりとわかったような気がしました。で、僕らはどうもそういう文脈から切り離して音楽を聴いていたんじゃないか、というそんな反省もあったんです。

内田　それも、おっしゃる通りだと思います。ただ、僕は、やはり音楽には――音楽が抽象的であるだけに――いろんな他のジャンルで得た、あるいは得られる体験が抽象化されて入りこんでいて、そういう形で複雑で具体的な現実と連なっているような気がするんだな。抽象的であるがゆえにその全体に浸透し、全体を統合するものとして音楽がある。僕の場合には。

谷川　それは芸術、学問、全部の領域を含めて？

内田　ええ、全体を含めて。現実はそのすべてを含んでいますから。作曲家

僕らは文脈から切り離して音楽を聴いていたんじゃないか。（谷川）

にしても、演奏家にしても、それを聴くわれわれにしても、それを取り巻く現実はすべてそうですね。

谷川 さきほどおっしゃった自然状態というのも、そういうことなわけですね。

内田 ええ。自然状態において、共通なもの普遍的なものがつかめる。しかもそれぞれに個性的なかたちで。作曲家あるいは演奏家がドイツで作ったものを、いま、ここで私が聴くのですから。全然別な形で共通なものを認識するわけです。共通な、普遍的なものを理解することで、初めて個性的になる。逆に普遍的なものに触れることで、初めてヨーロッパを知ると同時に日本をあるいは日本に生きている私を知る。たとえば、谷川さんがヨーロッパでこれこそがヨーロッパであると感じられたことと、こういうものが日本である、そこに自分の原型がある、ということの発見とは、たぶん同時発見なんだろうと思うんです。

人間を違うところに導いてしまう

谷川　これは音楽に限らないことかもしれませんが、ロマンチシズムみたいなものが人間の自我を無制限に拡大していった結果、いわゆる近代の芸術は人間を袋小路にまで追いつめてしまった、という面があるような気がするんです。そしていま、みんなそこから出ていきたいと思いながら、でも、なかなか、昔のような共同体を発見できないでいる。

で、音楽というのは、例えばバッハなんかを聴いていると、自分が整理され、秩序だてられていくような一種の安心感があって、これはやはり、バッハが属

抽象的であるがゆえに全体に浸透し、全体を統合するものとして音楽がある。（内田）

していた一種の秩序の反映だろう、という気が僕はするんです。彼は教会というものを信じて、ほとんどそこから出ずに作曲を続けてきたわけですから。いま、もし、西洋の芸術で三人あげよ、と言われたら、僕は、絵ではレンブラント*、詩や演劇ではシェイクスピア*、そして音楽ではベートーヴェンと言いたいところだけれどバッハをあげてしまう、その中でもとくに一曲と言われたら、「マタイ受難曲」をあげるくらい、バッハが好きなんですが、例えばその「マタイ」などを聴いていても、バッハの信仰というのは揺るぎないものだということがわかるわけですね。

それに対して、ベートーヴェンというのは、そこから一歩脱して「オレが」ということで悩んだ人なわけでしょう。で、その「オレが」というふうに悩むことが、人間をある秩序から逸脱させて、ある意味では人間を人間以上に過信させたようなところがあると思うんです。だから、僕は、ダミア*の「暗い日曜

＊レンブラント　1606-1669，オランダの画家。「夜警」他。
＊シェイクスピア　1564-1616，イギリスの劇作家，詩人。「リア王」他。
＊ダミア　1892-1978，フランスのシャンソン歌手。「暗い日曜日」「雨」他。

日」が自殺者を出したとか、戦争中に禁止された敵性音楽が堕落したものであるとか、そういう次元の話ではなくて、もっと音楽そのものにひそんでいる、秩序を作ると同時にどこか人間を流れ出させてしまう、もっと違うところへ導いてしまうある必然性というかな、それは一方ではすばらしい宗教音楽を生むんだけれど、そうではない方向へ行った場合、なにか人間を不定形にしてしまいそうな、そんな恐さを感じるんですね。

いまの若い人たちがポップスなんかに夢中になっている姿を見ると、あれが彼らを深いところで救っているということは確かだと思いながらも、あそこまで音楽に浸り切っている姿というのは、やはり言語の側からすれば脅威を感じると言えばいいのか……。つまり、彼らは感性ばかりでものを見てしまって、

音楽にひそんでいる、秩序を作ると同時に人間を流れ出させてしまう、違うところへ導いてしまう必然性。（谷川）

あまりに多義的に見るあまり、言葉の持っている機能みたいなものを信用しなくなるんじゃないか、なにかそんな感じもあるんですね。そもそも言葉というものは、僕は、音楽のほうに引きずられる傾向があると思ってるんです。というのは、辞書などで親しんでいると、言葉というのは割合一義的なものであって、あらゆる言葉は定義できる、と思いがちなんだけれど、実際には言葉も音楽と同じように人間の肉体から発生していてね、根っこは一つだから、つまり本来は多義的なものとして言葉も発生しているところがあるわけだから、そこのところに甘えていくと、いくらでも多義的になっちゃうという気がするんです。フィーリング言語というのは、そういう言葉の多義性を信用しすぎた結果、かえって言葉の画一化を進めている、というような印象もあるわけですけれど。

そういう意味で、僕もくわしいことは知りませんが、フランスのサンボリスムの運動が、「詩に音楽の富を奪回する」というような言い方をしたのも、単に言葉に音声面での音楽性を取り入れるということだけじゃなくて、言葉をギリギリまで多義的に使うことで、音楽が表わしているものを詩に近づけようという、そういう運動だったと僕は思ってるんです。そして、それは確かに言葉というものの限界を拡張していく働きを持っていると同時に、人間が言葉というもののおかげで築いてきた秩序をこわす面も持っている、どうもそんな感覚があるんですね。

■ロマン派とは何か

内田 いまのお話、とても面白かったけれど、その言葉の持たされていた一義性をくずすということね。その一義的というか最大公約数的統一理解を破っ

共通な、普遍的なものを理解することで、初めて個性的になる。（内田）

て個性的な発見をする、その絶対的な意味ね。

谷川 僕は、ロマン派に若い頃ちょっと魅かれて、それは一種のセンチメンタリズムみたいなものでいいなと思ったわけだけれど、そのあとすぐにあきたんですね。で、バッハとか、あるいはベートーヴェンの後期のものなんかに魅かれていったんですけど、ところがいま頃になって、またロマン派に魅かれ出したというのは、これ、ちょっとヤバイんですよね(笑)。いままで自分が築いてきた一つの生活の秩序みたいなもの、それが不定形に漂っていく、そんな可能性がある。深入りしたら、始末が悪いっていうか(笑)。この年齢になって、マーラー*を聴いたり、リヒァルト・シュトラウス*の後期の作品を聴いたり、それからちょっと前はデリウス*にとても魅かれた。これはケン・ラッセル*のテレビ映画を見て初めてその存在を知って、レコードを買ってみたら、不思議な魅力をもった作曲家でね、本当にロマン派の最後の花、という感じがしたんです

＊マーラー　1860-1911，オーストリアの作曲家・指揮者。大編成の管弦楽で成る九つの交響曲がある。
＊リヒァルト・シュトラウス　1864-1949，ドイツの作曲家・指揮者。歌劇「ばらの騎士」他。
＊デリウス　1862-1934，イギリスの作曲家。
＊ケン・ラッセル　1927-，イギリスの映画監督。「サロメ」他。

けれど、そこの中にはやはり、甘美で美しいものと退廃とが同居している、というふうに、僕なんかには見えてしまう。まあ、根が健康なもんだから(笑)。だから、いま、ロマン派に徹底的に溺れて、しかもその先、どちらの方向に行けるのか、なにかそんなふうに自分を見ているようなところもあるみたいです。なぜって、あれは、僕には、人間が到底負い切れない世界だろうという気がするから。人間が非常に深く肉体的な存在で、エロスというものに無意識の世界が支配されているということと、それは無縁じゃないという感じがありますね。

内田　後期のベートーヴェンではなくてロマン派という言い方ができるのかしら。僕にはちょっと。ロマン派というとき、谷川さんはどういう……。

人間が深く肉体的な存在で、エロスというものに無意識の世界が支配されていることと、無縁じゃない。(谷川)

谷川　いま申しあげたマーラーやワーグナーになんとなく感じてしまいますね。ブルックナー*はあまり聴いてない。まあ、ワーグナーが音楽史上でどう分類されているのかよく知りませんが、やはり彼の書くものは最もロマン的な感じがして、シューマン*やショパン*には、もちろんロマン的なものはあるんですけど、僕はあまり感じない。

内田　普通のロマン派というときの定義とちょっと……。

谷川　ええ、ちょっとズレているような気がします。

内田　そこを伺えたら面白い。

谷川　ショパンは、これはちょっと個人的な体験なんですが、昔、レコードより安川加寿子《やすかわかずこ》*さんの生のピアノでよく聴いてたんです。それはたまたまそういうことになったというか、あるご縁があって、一時、安川さんが僕の大家さんだったことがありましてね、安川さんのお宅のすぐ下の汚ない小屋に――汚

*ブルックナー　1824-1896, オーストリアの作曲家。九つの交響曲他。
*シューマン　1810-1856, ドイツの作曲家。多数のピアノ曲, 歌曲等。
*ショパン　1810-1849, ポーランド→フランスの作曲家。「革命のエチュード」「英雄ポロネーズ」「雨だれ前奏曲」などのピアノ曲他。
*安川加寿子　1922-96, ピアニスト。ショパンやドビュッシーなど。

ないと言っちゃ申し訳ないんだけれど、本当に汚ない小屋に当時住んでて、しょっちゅう上で安川さんのショパンが聞こえてたんです。当時、安川さんはショパンを非常に詰めて弾いてらして、演奏会の切符なんかもよくいただいたし。で、一度ね、安川さんのお宅のグランドピアノの下に座って、ショパンを聴いたことがあるんですよ。そのとき、二つ印象に残ったことがあって、一つは単音のメロディを弾くとき、力をつけるために指を二本重ねてお弾きになったこと、それともう一つは、ピアノの音とほとんど同じくらいの大きさで安川さんの息の音が聞こえた、ということなんです。もうほとんどあえいでいると言っていいくらい。それが一種肉体的でとても面白かったんですけど、ショパンについてはどうしてもそういう印象のほうが強くて、あまりロマン的なものを感

一義的というか最大公約数的統一理解を破って個性的な発見をする、その絶対的な意味ね。（内田）

じないのかもしれません。

■密室化するヘッドホン

内田　何をもってロマン的とするか。僕にはまだロマン派の定義がよく解らない。古典音楽↓ロマン派音楽という整理と、古典音楽↓国民楽派という整理が重なっていて、よく解らないんです。他方でまた、ベートーヴェンの努力を国民音楽の創設として考えられますしね。これは宿題です。

ところで、僕は、あのヘッドホンというのが苦手なんだけれど、谷川さんはどうですか。

谷川　僕も個人的にはあまり好きではないんですが、どうしていまみんなヘッドホンで聴くようになってるのかをちょっと考えてみますとね、それは現代詩とのアナロジーで語れる、という気がするんです。つまり、詩というのはもともとは演劇なんかと同じように、一つの共同体があって、そこで一種呪術的に、詩人が、みなの心を一つにしよう、あるいはみなのからだを同じリズムに乗せよう、みたいなことで謳われてきたものが、文字が発明され、印刷技術が発明されて、印刷メディアが広まっていく中で、〝詩集〟にされるという形になってきた。詩集というのは共同体から切り離されて、密室で一対一で黙読されるわけですよね。同じように音楽も、もともと音楽会とか祭りの場とか、みなが一緒に楽しむものであったのが、レコード録音が発明されたおかげで、密室で一対一で聴くようになってきた。ヘッドホンというのは、その究極の形だという気がするんです。そこでは、音楽が音波として流れる場すら失われて、直接耳に入力されるわけですから、難解な現代詩をじーっと読んでるのと似た

音楽も、もともとみなが一緒に楽しむものであったのが、レコード録音のおかげで、密室で一対一で聴くようになってきた。（谷川）

ような形で音楽も聴きとれるようになってきた、と僕は思ってるんです。

内田　ヘッドホンで聴くのと、ウォークマンを使用するというのとは必ずしも同じではない。局面が違うという気もするんですが、とにかくそういうヘッドホンで聴く人たちと、演奏会に行って音楽を聴く人たちは、どういう関係にあるんでしょうか。まったく別の人たちかしら、それとも同じ人たち？

谷川　ポップスに関していえば割合重なっていて、武道館にも出かけていくし、ウォークマンでも聴く、ということなんじゃないでしょうか。だから、どっちかがどっちかの代わりということではなくて、両方とも音楽の聴き方として現代では成立しているというか……。僕自身に関して言えば、たとえどんなに小さくてもいいからスピーカーから音を出して、一つの音場を形成してその中に座りたい、と思っているほうだから、その方向で望んでいけば、本当は演奏会に行かなきゃいけない。

だけど、実際にはあまり演奏会に行かないのは、やはり演奏会の文化的文脈があまりにチグハグだから、ということがあるんですね。つまり家から演奏会場に行くのに、ほとんどの場合、最低一時間はかかる。これもザルツブルグで経験してなるほどと思ったことなんですが、あそこでは、演奏会場のすぐ隣りに感じのいい酒場みたいなものがあって、そこで食事してから演奏会に行くこともできるし、あるいはハネてからも、そこで酒を飲みながら感想を語りあうこともできる。小さい街ですから、ホテルまでブラブラ散歩しながら帰ってくることもできますしね。

ところが、東京の場合は、クラシックの演奏会場が非常に孤立した場所にあってね、前後左右とはまったく違う次元の生活の形態があるわけでしょう。そこ

僕は、あのヘッドホンというのが苦手なんだけれど。（内田）

のところの不連結が一番気になるというか、なにかギクシャクとしていて、それくらいなら、好きな時間に好きなワインでも飲みながら自分でレコードを聴いていたほうがまだ一種の連結性が得られるという感覚があるんですね。

それと、ポップスなんかをヘッドホンで聴いてる場合は、むしろもう、そんな文化的文脈などというものはなくていいんだ、というふうになってるんじゃないかと僕は思いますね。たとえば東京の混雑した電車の中でウォークマンを聴いている若者を見ると、彼らはそれによって、外界からのいろんな不愉快な刺激をシャットアウトしているという気がする。

それは、さきほどの、音楽は自然だ、ということとも関連することだと思うんですが、いまの若い人たちの心をこれほどまでに音楽がとらえていて、街を歩きながらでもヘッドホンを離さないというのは、それが最も自然に近いものだから、という気がするんです。つまり、そこから聞こえてくる音楽のほうが、都会の混雑よりもはるかに広い、リラックスした世界を自分の内部に作ってくれるわけだから。だから、もしかすると、自然に恵まれたところだったら、ウォークマンははやらないんじゃないかとも僕は思ってるんですけどね。

内田　そうかもしれないね。ザルツブルグじゃはやらない？（笑）

谷川　ええ。だって、ザルツブルグではウォークマンは売っていませんもの。まあ、ウィーンでは売ってましたけど。やっぱり、目がきれいな緑を見たり、耳が自然の音を聞いたりしていれば、なにも耳をそこまで自閉的にシャットアウトして、音楽の世界に自分を遮断することはないんじゃないかと思いますね。

若い人たちが街を歩きながらでもヘッドホンを離さないというのは、それが最も自然に近いものだから、という気がするんです。（谷川）

■孤独と共同を同時に持てる場所

内田　僕はやはりヘッドホンは苦手ですね。方向の感覚というか上下の感覚がなくなって無重力状態に浮かんでるみたいな気がして、気味が悪い。それでステレオで聴きます。本当はもちろん演奏会場のほうがいいんですが、からだをこわしてから、食べることがとても大事な一つの仕事になっていて、とにかく集中して食べなきゃいけない。音楽会の前では早すぎるし、終ったあとでは遅すぎる、どこで食べようみたいな、はなはだ音楽的でないことを考えなきゃならない。そういうことでだんだん足が遠のいて、家で聴いてることが多いわけですけれど、そのこととは別にもう一つね、音楽会というのは、とてもいい調子のときにはそのあとで、あなたもおっしゃったように話をするわけでしょう。しかし、その話が、孤独を保ちながらの話、というか、そういうものに、いま、あまりにもなっていないという気がしてダメなんです。

　つまり、音楽会というのはみんなで聴いているんだけれど、やはりどこか孤独というか密室性を伴っていてね、あとで話をするときにも、その密室を大事にしながら話をするのでなければ、なにかつまらない、という感じがするんだな。すぐに音楽の話をすると、余韻がなくなるというか、黙って食事をしながら、実は無言で音楽の話をしている、というようなことがありましょう。印象深いものほどすぐに話の材料にはなりにくくて、しばらくたってからポツリポツリと話が出てくる、なにかそういう、孤独を濾過《ろか》して、その上でみなで行くという、そんな雰囲気がいまおそろしくないという気がするんです。

　音楽というのは、そういう孤独性とそういう共同性を同時に持てる場所を、

孤独を濾過して、その上でみなで行くという雰囲気がいまおそろしくないという気がするんです。(内田)

どうしたら作りあげられるか、というのが一つの大きな課題だったんじゃないでしょうか。例えば、モーツァルトの「ディベルティメント*」はみなでわいわい聴く楽しみという要素が少し強められているし、ハイドン*の交響曲形式というのは、それに較べると、孤独でまずは黙って聴いてもらわなきゃ困る、とにかく演っているあいだは黙っていてくれ、みたいなところがあるわけでしょう。これは、そのどちらかというのではなくて、両方の要求なのね。みんなでということと、孤独ということ、この二つのあいだに音楽というものが成立している。

で、そのことは同時に、聴衆と演奏家のあいだだけでなくて演奏する者同士のあいだにもあって、お互いに即興的にかけあってくれという要素と、それじゃ困る、やっぱりキチンとやってくれという要素の二つがある、それが楽譜だと思うんです。指揮者は楽譜を前提にしていますね。が、あまり統一した意図通り整然としすぎるとメカニックになる。そこが矛盾していて、しかもその矛盾

＊ディベルティメント　18世紀半〜後半に流行した軽い多楽章曲。嬉遊曲。
＊ハイドン　1732-1809，オーストリアの作曲家。多数の交響曲他。

した要素を持ってないと、音楽というのはやはり成立してこない。ところが、この矛盾した要素が現代ではそれぞれに分化してしまっていて、しかしそれでも、やはり、たとえばバルトークが、一方でハイドン＝ベートーヴェン型を極限にまで押しつめるかと思うと、同時に「ディベルティメント」の要素と形式を復活させて演奏者同士を自由に遊ばせてみたり、みんなでワーッとなるような雰囲気を作りながら同時にありありと孤独に在る、みたいなことをやってみたり、いまも音楽の永遠の課題として続いているという気がしますね。

谷川　音楽会というのは、やはり聴衆は均質じゃない、ということを否応なしに感じさせられるところが僕は割といいところだと思うんです。前に、カール・リヒター*が「マタイ」をやったとき、僕は当時とりわけ「マタイ」に執心

音楽会は、聴衆は均質じゃない、ということを否応なしに感じさせられるところがいいところだと思うんです。（谷川）

*リヒター　1926-81，ドイツの指揮者，オルガン奏者。

していたということもあって、対訳のテキストなどを持ちながら熱中して聴いてた。本当に終わってから席を立てないくらい感動して聴いてたんですが、その僕の二列前の男の人は終始一貫寝てたんですよ（笑）。これ、僕は本当にありがたかったというか、つまり、演奏会というのはそれだけ違う人たちが聴いてるんだということも含めて、自分を客観化できたという意味で、すごく印象に残ってますね（笑）。

■「正確さ」と「個性」――見事なミスタッチの話

内田　森有正さんが楽譜を正確に弾かなきゃいかん、楽譜に書いてある通りに正確に弾かなきゃいかん、ということを繰り返しよく言ってましたけど、あれ、とても面白い言い方でね。つまり、正確に弾かずに個性が出たなんていっても、それは本当の個性とは言えない、しかし本当に正確に弾くというのは、だれでも同じように弾くことではあるまい。少し踏み込んで楽譜を読んだら、かりに彼が音楽家であるとしたら、たとえばA氏はB氏と全然違う読み、従って演奏が出てくるわけですね。正確に読まないからでなく、むしろ、それぞれ丹念に、正確に楽譜の奥まで読み通す努力によって。だれが弾いても同じ程度の、最大公約数的に平板なパフォーマンスになるような〝読み〟が、一体正確なんて言えるか。

ところが、ふだんわれわれが正確という場合は、なにか画一的な方向に収斂してしまったものだけを指していう傾向があるんですね。正確にと言うと個性的なものを無意識的に排除してしまう。あるいは研究会なんかでは、学問的正確さの名において、意識的に排除してしまう。正確ということの定義が問題な

本当に正確に弾くというのは、だれでも同じように弾くことではあるまい。(内田)

んでしょう。それはもっと多義的なものであって、その多義というのは、音楽で言えば、楽譜の読みは、楽譜を通して自然そのものを正確に読むことに連なっているわけでしょうね。とにかく正確さということ、裏から言えば個性的ということが、でたらめに使われている感じです。

谷川　具体的な曲名を忘れてしまったんですが、やはりカラヤンが、正確に演奏させないという話を聞きました。楽譜通りだと本当は全楽器が同時に出なきゃいけないところを、コントラバスだけ半拍はやく出るように教えてて、実際それで弾くと、音楽の形がまったく違うくらいはっきりするんだそうです。ですから、そういう場合の正確というのは、本当にむずかしいですね。やはり五線譜というのは頼りすぎると逆に違ってきたりする場合があるというか。つまり、あれは音楽を記録したものにすぎなくて、実際に生で響いている、生きている音楽とはちょっと違うものだという気がしますね。

それについては、一度、極端な例を経験したことがあって、前に田中瑤子さんというピアニストとリサイタルでおつきあいしたことがありましてね、演奏のあい間に彼女と対談するみたいな形のものだったんですが、開幕のときに彼女が舞台のソデで、ものすごくあがってると言ったんですよ。そのとき僕は悪い予感がしたんだけれど、そのあとやっぱりみごとに間違えた。バッハの途中で。それは僕のような素人でさえわかるくらいの間違い。で、そのあとで僕は対談することになってたものだから、これはその間違えたことを話題にする以外にない、と思いましてね、対談の頭で「さっきお間違えになったでしょ」って話したんですね。そしたら聴衆がワーッと笑って、すごく緊張がほどけた。で、僕は多少こじつけだったけれど、こういう間違いを聞けることこそレコー

五線譜は音楽を記録したものにすぎなくて、実際に生で響いている、生きている音楽とは違うものだという気がしますね。(谷川)

ドでは絶対味わえない生演奏の醍醐《だいご》味である、なんて主張しちゃったんですけど。普通われわれは、演奏会に完璧な演奏を求めて行きますよね。だけど、演奏するのは人間だから当然間違うこともありうる、そのありうることが演奏を考える上でまったく組み込まれていないということが、逆に不思議だという気もして、これは無視すべき問題じゃないという感じがそのときしたんですね。

内田　それは非常に大事なことですね。しかし、間違えてもいいや、みたいなユルふんではこれは困る。

谷川　それはそうですね。

内田　ええ、それは全然問題にならない。そういう安直なものじゃやっぱり困るんだ。しかし、そこは微妙なんですね。困るんだけれど、その上で、それでも間違いを犯す、そういう存在なんですね、人間というのは。そのミスタッチはちょっとやそっとのミスタッチじゃなかったわけでしょう。

谷川　それはもう見事なミスタッチ（笑）。で、その前に、もしかしたら田中さんは予感があったのかもしれなくて、練習中にお話ししていたときに、ものすごいポカをやった友達のピアニストの話をしてくれたんですね。しかも、その人は、一度ならず二度、同じ演奏会の場で間違えて、二度目のときはそこでパッとやめて「これだから私ってやんなっちゃう」って言ったんですって、聴衆に向かって（笑）。

僕は、もちろん間違えちゃ困るけれど、その「これだからやんなっちゃう」というのは、演奏家としてとてもいい、という気がしたんですね。彼女はその後でもう一回はじめから演奏しなおして、それはとっても良かったんだそうですけど、音楽の持っている一種の人間性みたいなものが感じられるエピソード

困るんだけれど、その上で、それでも間違いを犯す、そういう存在なんですね、人間というのは。（内田）

だという気がするんです。

それはそうと、さきほどおっしゃった正確さということについて、正確に読み取ることがそれぞれの違いにつながるという、その違いを作るものはなんだとお思いになりますか。

■一人一人を互いに絶対的なものとして大事にする

内田　ピアニストの話、いい話ですね。しかし、また、別な解決様式もあって、ミスタッチをそのまま弾きおえてしまう、それもまた、B氏らしい鮮やかなやり方で。B氏が立派な音楽家であるならば、そこにもまた感動的な名演を聴きえましょう。人による。やはり各自の性格というよりしようがないんじゃないでしょうか。その、それぞれにすばらしい性格を楽しむ、人間にとって本質的に重要なこととして。厳しく、しかし柔軟に。アラートな鋭敏な耳を持って。楽しみの質を高めていく。それは芸術だけがわれわれに与えてくれることですね。

ご質問にもどりますと、正確さと個体的なものが矛盾する、あるいは正確さが個体的でない、最大公約数的なものとしてだけ理解されているということは、一つには誤った学問観、あるいはそれに基づいた教育のせいでもあるけれども、もっと根本には、私たちの日常生活そのものにおける主体性のなさというか、むしろ、一人一人生きている人間をお互い絶対的なものとして大事にしない、そういう風習のあらわれだと思いますよ。地球より重い、なんて簡単に言いますけど、そうでしょう。そんな大げさな言い方がされること自体怪しい。割り切って言うと、人間は手段化されている。手段としての有効性を失ったとき、

音楽の持っている人間性が感じられるエピソードだという気がするんです。（谷川）

一人の人間の存在の理由は失われる。そういう場合には、芸術は私ごとになってしまうし、価値という多様なるものの認識、あるいは個性的な判断も、遊びごとの問題として「許される」だけ。公ごとにはならない。

子供がトンボの死骸だとか、宝物をいれた小箱を持っていますね。譲り渡すべからざる宝として。この馬鹿馬鹿しい小箱が譲渡不可能な宝であるのは、彼の生命が何人にも譲渡不可能なのと同じなのですが、同じような小箱をわれわれもまた持っているわけですね。それぞれに楽しみを持っている。生きている証左として。その楽しみを人にも解ってほしいと思っていろいろ働きかける、また、楽しみの質を高めたいと苦労をする、その苦労をもまた楽しみとして。その楽しみは、あるいは楽しみの質をどう高めていくかは、人それぞれ違うわけですね。そのそれぞれに違う人間が集まって社会を作り、さまざまなルールを作る。それぞれが生きていくために不可避・不可欠のこととして。

しかし、人間を基本にして考えていくかぎり、楽しみは余暇に許されたお遊びに止まるものではない。だからまた、楽しみの質、最大公約数的に共通な理解を超える個性的な認識の問題は、美の領域に限る問題ではなくて、哲学の全領域に浸透する難問として存在する。人間を中心にして社会の総体をとらえようとすると、どうしてもそうならざるを得ない。カント*がそうでしたね。美学者である中井正一《まさかず》*が「委員会の論理」という、実践哲学上の最重要な問題をただ一人提起したのは、象徴的なことのように思うのです。

われわれにはどうも正確というと個性的なものと対立してとらえ、個性的なものを排除しなければ正確さを云々《うんぬん》することができないと思う習癖が抜け切れない。趣味のこと芸ごととして考えているかぎりは個性的な正確さのなんたる

人間を基本にして考えていくかぎり、楽しみは余暇に許されたお遊びに止まるものではない。（内田）

＊カント　1724-1804，ドイツの哲学者。『純粋理性批判』他。
＊中井正一　1900-52，哲学者，美学者。『美学入門』『委員会の論理』他。

かを十分に理解している人が集まっても、なんらか外に向かって判断が客観的であることを公式に論証せざるを得ない立場に追いやられると、たちまちてんやわんやになって、立論と判定の根拠を、5は4より大きいというような非個性的正確さの領域に問題を追いやり、そこで解決しようとする。個性的解決はすなわち恣意的という習癖がどうしても抜け切れないんですね。判断に自信がないんです。

入学試験のときの判定がそう。プロモーションのときの判定がそう。すべてだれがやっても同じ計算になる足し算の領域に持ってくることで初めて客観的な判断が可能だと誤認する。例のヴァイオリン事件*もそうですね。楽しみというものの重さを理解する習癖、楽しみの質の判定を——私事としてではなく——公の問題としてする習癖がないんです。社会がそもそもそうできあがっていて、教育と学問がそれを助長している。

＊ヴァイオリン事件　1970年代後半，芸大教授が鑑定書を偽造し贋ヴァイオリンの購入を学生に斡旋，贈収賄の疑いが浮上。1981年に発覚。ガダニーニ事件。

人ごとのように言ったけれども僕自身そうなんですよ。価値判断という問題と真正面からぶつかる重さに耐え切れなくて、つい最大公約数的正確さの領域に逃げこんじゃうことが多いんです。そういう弱みを解決するために、手段として、音楽を聴くわけじゃない。音楽をそれ自体として楽しみ、その楽しみの質を深めたいと思ってるだけです。しかし、それが結果として、判断可能な人物に僕を仕上げてくれるということは僕のゆるぎない確信です。どうも、僕自身まだよくのみこんでいないから、理屈っぽい話になっちゃって。

だれがやっても同じ計算になる領域に持ってくることで初めて客観的な判断が可能だと誤認する。（内田）

広告的存在としての人間

ぼくは、長いこと経済学の世界にはいることができなかった。ぼくは、経済学は人間の学問だとおもっていた。そして、人間の問題をほんとうに解決するためには、いろいろの問題を経済学の領域にひきしぼってゆかねばならないとおもった。

しかし、専門の学問として経済学をやってゆくうちに、ぼくはしだいにいらだたしさを感じはじめた。ぼくが経済学の世界にはいっているとき、ぼくの眼に人間は消え、そして、ぼくが人間と接触しているとき、ぼくは自分が経済学者ではなくなっているということに気づいたのである。

内田義彦

（『経済学の生誕』より）

■広告力と権力における「平等」

内田　今朝ちょうど『広告批評』の今月号（一九八一年三月号）が届いてのぞき見をしたところなんですが、都留《つる》（重人《しげと》＊）さんが、政府の意見広告——新聞を使っての原子力キャンペーンという、この項目に立つ現象をとりあげて、ジャーナリズムでの意見広告というのは本来力を持たぬ国民の意見の発表の場であり、その立場を貫くべきであると言われているのを読んで、大いに感心しました。社会科学者として恥ずかしいんですが、ぼくは、いままで新聞を見ていやに派手に広告するなと思いながら、そういう風に、そこまで見ていなかったわけです。

いまのようにお金のかかる広告は、われわれ普通の人間には、出そうにも出せない。われわれには「意見」と「広告」は矛盾するので、広告の形で意見を大いに世に広めるほどの意見広告は、とても出せないし、イメージを広げるに

＊都留重人　1916-2006，経済学者。『現代経済学の群像』他。

しても、新聞一枚使って真っ白なスペースの中にただ一行キャッチフレーズを書くというような、ああいうゼイタクは、とてもじゃないがもったいなくって出来ない（笑）。広告としてはスマートだし有効ですがね。かりに無理して、相寄って新聞一ページを買い切っても、もったいないから、みみっちくゴタゴタとだれが読むかと言われそうな文章を並べる、ということしか出来ないだろう。ようするに広告は特権者のためのものですね、現実には。そこで、法律のディメンションで考えてみる必要がある。

現在の法律は、力のない人間を形の上ではけっして差別待遇をしているわけではありませんね。しかし、そういう形式的平等では、結局、有力者だけが法の恩恵をこうむることになる。法の上でも不平等であった過去の政治形態に対して法の上の平等をもたらしたところに近代民主主義のすばらしい点があったし、あるわけなんだけれども、その、法の上で差別をしない形式的平等が、貧富の差がはげしくなるに従って、実質的には不平等を作りあげ、力のある者にだけ自由を与えることになってしまっている。そこで力のある者に法律で禁止事項をもうける。形式的平等を破って、力ある者を力のない者と同一には取り扱わない――こういう不平等によって、本来の趣旨たる実質上の平等に近づける。たとえば独占禁止法といったのがそれで、それは常識になっていましょう、いまでは。

それと同じ考え方が広告でも必要なのですね。広告力はいまや権力と同じくらい意味を持ち、買い手を、だから一般の生産者を支配していますからね。都留論文を読んでいて、ぼくは広告の問題もそう考えるべきだと思いました。そうした上で、政府の意見広告が、とくには問題になりましょう。政府の広告費

広告力はいまや権力と同じくらい意味を持ち、一般の生産者を支配していますからね。（内田）

の支払いは、税の支払者であるわれわれであるわけですから。そのあと編集部は、アメリカと日本の政府の広告費を較べて、もしアメリカで政府が、日本のように広告費を使ったら、納税者が黙っていないだろう、と言っている。そこが大変に面白く、重要だと思ったんです。これを胸の奥にひびかせながら、話に入っていきたい。

そこで編集部から出されているテーマの一つである広告の作り出すイメージという問題ですが、いま現実にイメージ広告が発揮している効果と、「イメージ広告」というものが活眼の専門家によって考え出された出発点あるいは本来持っている意味とは、かなり違っているんではないでしょうか。

■イメージと広告は切れてしまったか?

谷川　イメージが商品を離れて一人歩きしている部分がいまの広告にはあ

るのではないか、という編集部の問題提起は、この頃の広告を見ていてわからないではないけれど、本当に広告と商品が切れているのか、現実に広告費が伸びていくことと商品の売り上げが伸びていくこととが比例しないのかどうか……。どうなんでしょうね。たとえば、いまサントリーならサントリーという会社が広告を一切やめたらどうなるか、というようなことを試してみたら、ちょっと面白いかもしれませんね。むろん、現実には、そんなことはできっこないんだろうけど。つまり、ぼくなんかは、あんなに売れているのにあれほどの広告を打ち続けなければならないというのは、そういう判断が、やはり企業の側にあるからなんだろう、という気がするわけです。一見切れているように見えても、イメージ広告と商品とのあいだにはやはり相関関係があるような気

一見切れているように見えても、イメージ広告と商品とのあいだにはやはり相関関係があるような気がする。（谷川）

がする。

内田　おっしゃる通り、イメージを追うことも売り上げに影響していると

ぼくも思います。それが売ろうとしているのはイメージであって、商品を直接売りつけようとはしていない、さしあたってのところでは。しかし、そういう形の広告が、長い目で見ると一番売り上げに影響する。そうらしい。イメージ広告が価値観に結びつくからじゃないでしょうか。ある広告が良いかどうか、という批評に当たって、ある意味ではうまいがゆえに悪い、困る、という、そういう局面もあるわけです。

ぼくは、最高裁のあの、人を押しつけるような建物が嫌いだったの。隣りの国立劇場に芝居を見にいくのに、被告席に行くみたいな感じで通らにゃならん。ところが、ぼくが尊敬しているある若い建築家によると、あれは名建築だ。つまり、権力の象徴としてのいやらしい性格が見事に出てる。構造として（笑）。

まあ、彼は、一種の皮肉をこめて言ってるんだけれど、設計を依頼された建築家はいかにしてその権力性を表現しようかと考えたに違いないって（笑）。その意味で名建築だと言うんだな。広告も、いい広告かどうかという問題の中に本当はそういうことがあって、それがいままでは案外バラバラに論じられてきた、という気もしますね。そこで、広告が現在果たしている役割のところでの議論と同時に、それを一応離れて、広告とはいったい何か、何が、広告の基礎にあって必然的なものかを考えてみたい。

■情報、販売促進、そして文化現象としての広告

谷川　広告とは何か、という問題、ぼくも前からなんとなく気になっていたい。

広告とはいったい何か、何が、広告の基礎にあって必然的なものかを考えてみたい。(内田)

て、だけどどうもうまくつかまえられない、そんな感じがずっとあったものですから、この機会にちょっと考えてみたんですけれど、一つは、当然のことながら、その商品に関する情報、という側面があるわけですね。ただし、いまやこれは広告とはちょっと言えないんじゃないか、という気もぼくなんかはしている。というのは、たとえば、クルマの広告とクルマの仕様書というものを比べたときに、その二つは、いまでははっきりと用途が分かれてしまっていて、クルマの正確な情報を知りたいと思うときには、広告ではなく、むしろ、そのクルマのテストリポートであるとか、あるいはカタログのうしろに付いている仕様書であるとかを見なくちゃいけない。で、そういうものは現実の意味での広告とは、いまちょっと言えないという気がぼくはしてしまう。まあ、それと似通ったものとして、企業の意見広告とか政府の意見広告といったものがあるわけで、ある程度は実体に即した言語ないしはイメージというものもまだ残ってはいると思うんですけれど。ともかくそういう側面のものが一つ。

それから、もう一つ。これは教科書などでもそういうカタチで言われていることが多いわけですが、消費を拡大することで生産を拡大し市場を維持していく、みたいな、経済のメカニズムの中での広告の役割というものがまた当然あるわけですね。それが、消費者の側から見れば、たとえば、不必要なものまで買わされる、ということになるし、生産者の側から見ると、それで価格が安くなるじゃないか、ということになるわけらしいけれど、ぼくは実際経済学はよくわからないし、どちらの言い分がどうなのかも本当には判断がつかない。まあ、必要不必要ということで言えば、実際消費者が買ってしまった以上、それは必要だったんだという論理も成り立つわけだから、不必要なものを買うとい

消費を拡大することで生産を拡大し市場を維持していく役割というものがあるわけですね。（谷川）

う言い方自体が、すでに成り立つかどうかもよくわからないという気もする。それはともかく、この二つまでは、まあ割合はっきりと広告の働きがとらえられるわけですよね。

ところが、いま一番問題になっているのは、広告のもう一つの側面、つまり、一種の文化現象としての広告、ということだろうと思うんです。で、これについては、ぼくは、その時代の社会の自己表出、みたいな面が広告にはあって、それは、作り手の名前を必要としない、つまり無名性という特性を持ったフォークアートのジャンルに属するようなものではないか、という気がしているんです。そして、この部分が、さきほどから言われている実体と離れた広告の機能、つまりイメージが優先してそこでは何を売っているのかよくわからない、というような現代の広告のありようと結びつく。パルコのポスターなどは、その最もいい例だろうと思うけれど、あれは確かにイメージあるいは詩的なコピーを売っているようなものであって、実際にパルコで何を売っているのかということはよくわからない。だけど、みんなはその「パルコ」というものを自分のライフスタイルの一部として取り入れることで一種の安心感のようなものを得るわけだから、あれはあれで非常にはっきりとした機能を果たしているとも言える。

「虚」としての言葉のインフレ

谷川　そんなふうに考えてきますとね、その第三の、実体離れした広告というのは、いま「言葉」というものが置かれている状況と非常によく似ているという気もしてくるんです。広告の言語だけではなくて、いま、われわれが書いたりしゃべったりしている言葉自体が、たとえば、言葉に浮力がついたとか、

その時代の社会の自己表出、無名性という特性を持ったフォークアートのジャンルに属するようなものではないか。（谷川）

言葉のインフレだとか、言われてるわけですね。これはもう相当前から言われ続けている。つまり意味するものとしての言葉は大量にあふれているんだけれど、意味される実体というものが失われている、もしくはわからなくなってきている、と言えばいいんでしょうか。

論文なんかでも、観念的に論理を運んで、一見みごとに世界を解釈しているように見えて、実際にはどうも現実社会に適合しない、そう思わされるものがときどきありますよね。言葉というのはもともと〝虚〟としての面がある、だからこそ言葉は言葉なんだ、とも言えるわけだけど、どうもそこのところがいまどんどん極端になってきているという感じも確かにする。

そして、広告の言葉あるいは広告のイメージというのは、それのかなり極端なものであるかもしれない。実際、テレビなんかを見ていると、ピラミッドのイメージで東京の過密地域にあるワンルームのマンションを売る、みたいなC

Mが出てくるでしょう。あれ、全然関係ないんですよね（笑）。だけど、それを見て、こちらはあるメタファーをそこで受けとる。そういう意味では、広告というのは、いまや非常に詩的なものであってね、S・I・ハヤカワ*が、アメリカで最も進んだ詩文はいまや広告の中にしかない、というようなことを書いているらしいけれど、日本も似たようなものかもしれない。

つまり、実際に非常に優れた写真家が広告写真を撮っているし、コピーライターの中に詩人が何人もいる。そして、そのコピーにしろ写真にしろ、いわゆる純粋芸術としての詩や写真や造形より、むしろ魅力的でビビッドであるという面が確かにあると思うんです。ただ、ぼくがちょっと気になるのは、さきほども言いましたように、それが個人の署名を持たないということ。それは、あ

言葉というのはもともと〝虚〟としての面がある、そこがいまどんどん極端になってきているという感じもする。（谷川）

＊S. I. ハヤカワ　1906-，言語学者。『思考と行動における言語』他。

る意味ではとても魅力的なことだけれど、逆から見ると、だれもそこに最終的な責任をとらない——本来は企業がとるべきものかもしれないけれど、企業には企業特有の論理が働くわけで、結局だれもそこに人間的責任をとらない——という危険を常にはらんでいるわけですね。で、やっぱりそれは一種の堕落ともなり得る、という気がする。

■広告的存在としての人間

内田　面白い問題ですね。おっしゃるように、いまの広告には、従来の広告の観念を破ってしまうような新しいものができていて、その新しいものというのは単に新しい——従来の方向で新しいという意味での新しいものに限らない。広告に、既存の芸術のワクから出ようとする芸術家をひきつける要素、また広告を見る人をひきつける要素、ひそかに人の中に育ちつつある「夢」を拡大し創造する要素がある。あなたの言葉を使えば、詩がほとんどそこにしかないといった点。そういう要素がイメージ広告には含まれていて、しかし現実には、そういう夢を創る働きが、大企業なり政府なりに独占されていて、それを作る人たちというのも、優秀であればあるほど、結局それに組みこまれていく。

広告が作るイメージは、古いオーソドクシー、エスタブリッシュメントとしての旧文化の否定ではあるけれども、古いものに代わって新しく生まれつつあるオーソドクシー、エスタブリッシュされつつあるエスタブリッシュメントという面も強いわけですね。その面もなければ大広告にならない。これこそが新しい文化である、早く乗らんと乗り遅れますよ、ということかな。言ってみれば新しい流行というオーソドクシーのスクープ合戦。そういうスクープ合戦の

広告に、ひそかに人の中に育ちつつある「夢」を拡大し創造する要素がある。（内田）

使い捨てタレントに芸術家がなる。

そこで、それを批判することが芸術のためにも必要なんだけれども、けしからんと言ってしまうだけではなんにもならないのね。そうではなくて、そういう広告が芸術家をひきつけ、また人びとをひきよせて現実に有効であり力を発揮している根拠というか基礎にあるもの、それは一体なんなのか。けしからんというだけではすまない、人間に本来的な欲求のようなものがあって、広告はそれを巧みにキャッチしているという気がするんですねえ。

谷川　それは確かにありますね。

内田　それを掘りおこしておかなければならない。広告のその内面をね、なんとかこんがらからせずに、つかんでいかないといけないんじゃないだろうか。なぜそういう不思議な魅力を広告が持つのか。そこにある必然のようなものを、他人ごとではなく自分でも感じながら、そこから出発して現代の機構の中で広告が現に果たしている機能を批判しないと。そういう側面、体制をこえてあるところの広告の機能、あるいは広告的存在としての人間、と言うかな、そういうものについてまず考えてみたらどうなんでしょう。そうしないと、広告が現に社会内で果たしている意味が逆につかまえにくいように思うんです。

■風物詩としての物売りの声

谷川　人類最古の広告は何か、というのもちょっと興味あるテーマなんですけれど、それは広告をどう定義するかでも変わってくるわけでちょっとむずかしい。で、最古とまではいかないんだけれど、広告の源にさかのぼって、広告とは何かを割合象徴的に表わしているものはなんだろうか、と考えてみたん

広告が人びとをひきよせて現実に有効であり力を発揮している基礎にあるもの、それは一体なんなのか。（内田）

ですが、たとえば〝物売りの声〟というのがありますね。「金魚、ェー、金魚」でもいいし「竹やー、竿竹《さおだけ》」でもいいけれど、ともかく、あの物売りの声というのは、普段の声よりも大きな声で呼ばわっているわけだから、広く告げる、明らかに〝広告〟ですよね。で、それは、その商品を売るという機能を持っているると同時に、わらべ唄などの旋律とも共通するようなものを持っていて、一種の町の風物詩にもなっていた。つまり、その声を聞くと、「ああ、竿竹屋さんが来た、買おう」というだけじゃなくて、ある生活の雰囲気のようなものを感じる。その声が人びとの心をなんとなくなごませ、楽しませてくれる。そういう面があったと思うんです。焼きいも屋さんも昔は「クリよりうまい十三里」なんてよく書いていたでしょう。あれ、非常にうまいコピーだと思うのね（笑）。それをみんな知ってて楽しんでいた。

で、ぼくは、そういうものも、広い意味でのわらべ唄、一種のフォークアートであると言えるような気がする。そうしますとね、そもそもの最初から、やや大げさに言えば〝文化現象としての広告〟というものは、すでに広告に内在していたと言えるんじゃないか、言葉もむろんそうだけれどもイメージすらも、無意識のうちに人間は当初から受け入れ、楽しんでいたんじゃないだろうか、そんな気がしてくるわけですね。

そして、それが、焼きいも屋さんや竿竹屋さんである限りは、それによって消費を拡大しようとしている、というような問題は出てこなかったわけだけれど(笑)、これが資本主義社会の中で生産者の側があまりに権力を持ちすぎると、商品流通の過程の中にある働きばかりを見る人は、生産者にすべての罪を押しつけたり、あるいは消費者が無理解である、というような一方的な言い方をし

「買おう」というだけじゃなくて、ある生活の雰囲気のようなものを感じる。
(谷川)

がちになる。

だけど、純粋な消費者というのは、いまの社会の中ではほとんどありえないわけですからね、だれもがおそらく何かを生産しているか、あるいは管理しているか、なんらかの仕事を持っている。トフラー*の言う「プロシューマー*」、消費者であると同時に生産者でもあるという側面をほとんどの人が持っているわけだから、そういう矛盾した側面を同時にとらえていかないと、広告と人間の関わりというのはとらえきれないだろうという気がするんですね。そういうカタチでとらえた上で、一種の文化現象としての広告というのもまた同時に考えていかなければ、結局、全体的に広告というものはとらえられない……。

広告を素直に受けとめる

内田　その辺が大事だと思うんです。むずかしいけれども。自分にひきつ

＊トフラー　1928-，アメリカの評論家。『富の未来』他。
＊プロシューマー　producer ＋ consumer，トフラーの造語。生産に関わる消費者の意。

けて理解することが鍵だと思うんで自分をさらけ出して考えると、たとえば自分の仕事ね、書くものでも講演でもいいんですけれど、いま書いていること、しゃべっていることを、自分が気に入ってる、というだけじゃなくて、いや、自分が気に入っているからこそ、そのことを他の人にもなんとかわかってほしい、そういう気持が、ぼくらの中にありますね。他人に気に入ってもらうことに成功しないと、その仕事は自分をも納得させない、そういう面もある（笑）。

ぼくのように経済学なんかをやってますと、経済学というイメージそのものが拒絶反応をひきおこして、こっちが意気ごんでも他人に納得どころか読んでもらえないことが多い。もちろんまず他人に納得してもらう前に少なくとも自分で納得したものを作ろうとしますね。しかし、自分で納得する、という、そ

〝文化現象としての広告〟というものは、すでに広告に内在していたと言えるんじゃないか。（谷川）

の納得の構造をよく考えてみますとね、「お前、何をしているんだ」「実は、こういうことをやってるんだが」という、その「実は……」というところ、これ一種の〝広告〟でね、やっぱり通じさせたいんだねえ（笑）。通じない限りは自分でも納得できない。だけど、通じたらいいというものでも、またないんだ（笑）。つまり、なんとかして通じさせようといろいろ言う、そう言ってること自体、自分で納得がいくものでないと……。そんなことをいろいろに考える。どうも、広告というのは、そういう二面が重なったものじゃなかろうか、という気がするんです。

ぼく、前にね、自分の本の頭に「広告」と書いたことがあるんです。序文の代わりに。そのときは別にいま言ったようなことを考えていたわけじゃない、ただ、読んでほしいというか、経済学史の本はいっぱいあるけれどこれはちょっと違うんだ、ということをわかってほしいというような気持で、「広告」と書いた。そしたらねえ、ちょっと行きすぎじゃなかろうかという批判が編集者から出てね（笑）、結局は「はじめに」という言葉に変えてしまったんですけどね。でも、いまもときどき使いますよ、「広告文のかたちで」という言葉をいれたあとがきを書いたり。

　つまりね、広告というものを、ぼくらもう少し素直に受けとめるというか、素直に出していってもいいような気がぼくはしてるんです。広告というと、なにかヘンな先入観が先に立つけれど、そうじゃなくて、やはりなにか作る以上、同業者じゃない人たちに、ああ、なるほどそういうものか、というふうに受け止められたい。受け止められていかないと、やはりどうにも落ち着かない。本文で細かく論じる前に、書きたいことはこういうこと、という全体としてのイ

広告というものを、もう少し素直に出していってもいいような気がしてるんです。（内田）

メージが必要でしょう。それが広告というもの、広告を出さなければならん意味じゃないか。

で、さきほど谷川さんの言われたある楽しさと、もう一つ、あるうら悲しさみたいなもの。広告には常にそれがつきまとう。なにか自分の本のあとがきなんか書いていると、楽しさと同時にあるうら悲しさがあるでしょう（笑）。あれはやっぱりねえ、〝広告〟という本能がないとああいう感じはないんじゃないかなあ。やはり、だれでもね、自分を広告したいんじゃないだろうか。仕事ということだけじゃなくて、私がここに生きてるということ自体が一種の広告というかな。それがうまくできる人とヘンな形で出る場合とがあるけれども、それがヘンだということを言うためにも、やはり、正常なときにでもそういう広告の本性があるということをちゃんと押さえておかないとね、退廃現象というのはぼくはつかめないと思うんです。

一人ひとりが、人間の本性にある、広告ということに対する自覚というか、あるイメージを持つ。それが、広告の退廃現象というものを本当の意味で批判する目になり力になるわけで、それがないところで広告の退廃をいくら指摘しても、それはあまり説得力を持たないんじゃなかろうか。広告の中に歪んだ形で出ている夢作りのエネルギーを生かして使うことにならない。

■広告のナマの声は詩に近い

内田　それと、さきほどの物売りの声に関して言いますとね、ぼく、大分前に、もう三十年近くにもなるかなあ、大学で社会教養講座という講座を組みましてね、岡本太郎*さんとか山本安英《やすえ》*さんとかに来ていただいて話をしていた

一人ひとりが、人間の本性にある、広告ということに対する自覚を持つ。それが、広告の退廃現象を批判する力になる。（内田）

＊岡本太郎　33頁参照。
＊山本安英　1906-93，女優。木下順二作「夕鶴」のつう役他。

だいたことがあるんです。そのときにね、山本さんのお話を前の方の席で聞いていて、どうもボソボソと低い声で話される。むろんマイクは使ってないわけでね、これでは後ろの方の席は聞こえないんじゃないかとちょっと気になって、そっと立って行ってみたんですよ。そしたらねえ、これが実によく聞こえるんだなあ。あっ、と思ってね。ぼくら、いつも大声でガーガーしゃべっているのに、後ろまでちゃんと通らない。ところが、ボソボソとしゃべっているように見えた山本さんの声がシーンと通っている。

それは一つには聞き耳をたてる、という要素も確かにある。それもあるけれど、一つのリズムというかな。リズムがあってそのリズムが人をつかまえているために細かいところまでキチンと通る。さすがにその道の大家というものは違うもんだと感心しました。それと、もう一つ、その〝事件〟と相前後してだったんですが、当時ぼくは学部長でね、学部長というのは忙しくて仕事ができない、せめて講義は一番いい講義をすべきだと思ってね、自分の講義をテープにずーっと録音したんです。で、毎週毎週そのテープを起こす。そしたら、あるときねえ、その講義のテープの中に「イーシヤキイモ」というのが実に鮮やかに入っている（笑）。

谷川　そのころはまだ石焼きいももテープレコーダーにスピーカー、というのじゃなくて、ナマの声だったんじゃないでしょうか。

内田　ええ、ナマの声。そのナマの声がね、三階の教室のマイクロホンを使ってやっている講義の声よりも実に鮮やかにテープに入っている（笑）。ぼくが聞いてても、ぼくの授業よりそっちに耳をとられるんですよ（笑）。講義をしてるときは気がつかなかったけれど。それで、ぼく、またガクンと来たわけね。

大声でガーガーしゃべっているのに、後ろまで通らない。ところが、ボソボソとしゃべっているように見えた山本さんの声がシーンと通っている。(内田)

山本安英さんに劣るのはまあ仕方がない。それほど恥ずかしいことだとは思わなかったけれど、「イシヤキイモ」にも劣るとはね。ダブルショックだった。その声は、やはり、技術的に声がきたえられているということもあるけれど、人をとらえざるを得ないようなリズムというかな、それがあって、人を吸いよせる。山本さんと同じなんだ。あれは単においもの広告ではない。仕事をやめて集まってらっしゃいという、おいも時間、おいも空間の広告、その意味でまさにイメージ広告なんだなあ、完璧な。

谷川　物売りのその声がナマの声で伝えられているあいだは、たとえば祝詞なんかと同じように、詩の最も原初的なカタチに近いようなものだったろうと思うんです。だから、普通の話し方とは違う、ある抑揚とかスタイルをもって「石焼きいも」にしろ「竿竹」にしろ売っていたわけで、それだからこそ風物詩にも成りえた。ところが、広告の巨大化というのは、石焼きいもにまで及んで、いまやその声は、カセットテープに吹きこんでスピーカーで流すわけですよね。そのときに、一種の退廃が始まっている、という気がぼくはするんです。つまり、広告そのものと広告を伝えるメディアのテクノロジーの問題というのは、かなりの大きな問題になるんじゃないかという感じがする。

それと、さきほどからのお話をうかがっていて、「自分を正当化したいという欲望ほど、人間にとって御しがたい欲望はない」という、これは確かT・S・エリオット*の言葉だったと思うんですが、昔読んだその言葉を思い出しました。もし広告というものが、自分自身あるいは自分の作ったものをこう伝えたい、という欲望とつながっているものだとしたら、そこにはたぶん、人間にとって最も基本的な、自分を正当化したいという欲望がひそんでいるのではないか、

広告というものが、自分自身あるいは自分の作ったものをこう伝えたい、という欲望とつながっているものだとしたら……（谷川）

＊T. S. エリオット　1888-1965，イギリスの詩人・批評家。長篇詩『荒地』，批評集『神聖の森』他。

という気もしますね。そうだとすると、われわれ自身の中にある〝広告〟というものがきっと一番問題になるわけで、それがあるからこそ受け手としても成り立ちうる、と言えるかもしれない。

内田　自分を正当化したいという欲望、と言われたとき、昔のぼくだったら、だから、その正当化したいという欲望を捨てるべきである、というふうに、つい思ったと思うんです。自分もそうだから他人もそうだろう、他人のそれ、正当化したいという欲望を認めて、認めた上で考えていくべきである、という方向に気持が動かなかった。しかし、一人でも多くの人を、というのは、やはりそういうことですからね。自分も相手もまったく同じ、いわんや向こうの力が弱いとするならば、というようなことを、この頃思いますね。

広告と広告でないものとの間

谷川　そうしたことを一応踏まえた上で、広告と広告でないものとのあいだに線を引く必要があるかどうか。実はこのあいだ、内田さんがレコードジャケットは広告であるかどうかという話をされていたということをうかがって、非常に面白かったんです。ぼくは前に自分の詩集のオビを自分で書いたことがあるんですが、自分の詩集だからその中身については自分が一番よく知ってるはずなのに、なぜかうしろめたい。割合張り切ってね、なんらもの悲しくもなく（笑）、われながらなかなかの名コピーではないかと思えるようなものを書いたんですけれど、なぜかうしろめたいんですね。で、これはきっと、自分の書

自分の詩集だからその中身については自分が一番よく知ってるはずなのに、なぜかうしろめたい。（谷川）

いた詩をその実体以上にとらえてコピーを書いてしまったためのうしろめたさだろうと解釈したわけですけれど、そこのあたりは実に虚実皮膜の間でね、どこから広告でどこから広告でないか、すごく判別しにくい。

で、ぼくは、たとえば本のオビは広告であるけれど、本の表紙は広告ではない、と取りあえず分けてしまうような分け方もあるんじゃないかという気がしてるんです。むろんそれは紙一重でね、無理に切り離す必要もないといえばないんだけれど、取りあえず分けるとするなら、表紙やレコードのジャケットというのはその中身の文章や音楽というものと切り離せない何かだけれど、オビというのはそれとはちょっと次元が違うという気もする。

ただ、オビといえば、何年か前、『面白半分』[*]で腰巻き文学大賞というのがあって、その発想がとても面白いと思ったんですが、あれはつまり、本のオビも文学である、という立場なわけでしょう。で、逆に、これは確か五木寛之[*]さ

＊『面白半分』 1972年創刊のサブカルチャー月刊誌（～1980年）。吉行淳之介，野坂昭如，開高健等が編集長。
＊五木寛之 1932-，作家。『青春の門』他。

んだったと思うけれど、作家の書く文章もなにもかもいまはすべて広告として機能しているというようなことを言っておられた。それを見たとき、いや、そんなはずはない、と思いつつ、何かある核心をつかれているような気もしましてね。

ノーマン・メイラー*なんか『私自身のための広告』という本をもうずいぶん前に出してますけど、その頃からすでに、自分の書く文章や詩やらと広告とがある共通性を持っているという考え方、自分の中に広告をしたい人間がひそんでいる、あるいは広告というカタチで自分を出していかないと伝わっていかないものがある、というような考え方が出てきているんじゃないでしょうか。

内田　どこまでが広告であり広告でないかという、そこのところはむずか

自分の中に広告をしたい人間がひそんでいる、あるいは広告というカタチで自分を出していかないと伝わっていかないものがある……。（谷川）

＊メイラー　1923-2007，アメリカの作家。『裸者と死者』他。

しいね。いま本のオビの話が出たけれど、さきほど私が言った著者のあとがき、これは著者広告で、その中にはやっぱりできることなら広く伝えたいという要素があると思うんです。しかし、それは、できるならば中身の側から伝えたいということであってね、オビとは発想が逆だと思う。

オビの場合は、とにかく買ってもらいたい、極端に言えば、中身はよく伝わらなくてもいいから売りたいという要求のほうが強いんじゃないでしょうか。よく中身を読まずにオビを書く人がいるでしょう（笑）。意外に多い。売るという要素が独立している。だから、広く伝えたいというのは同じなんだけれど、同じ機能の二つの働きの中の一つが独立して、だんだん自立化していると言ってもいいんじゃないでしょうか。

だけど、いまの本は、オビを取っちゃうとデザイン的になんとなく不安定になってしまうものが多いですね。はじめからオビこみのデザインなんだな。しかし、こういうのはたぶんあまり類のない現象でね、これが本当に私の本の広告だろうか、と思うようなオビもある（笑）。まあ、しかし、著者広告も、他人から見たらそんなものなのかもしれないし、そこのところは非常にデリケートなむずかしい問題ですね。

私はやっぱり広告は、専門家がいて、その人が基本的には書くべきだと思います。ただ、できることならもう少し、著者とその著者の書く広告（序文やあとがき）は広告に近づいていていいし、広告文を書く人はもっと著者に近づいていいんじゃないだろうか。向こうでは、序文なんかでも割合正々堂々と〝広告文〟という形で書かれてますよね。その感じがもう少し正直に出たほうがいいかもしれない。でも、なんとなく恥ずかしいよね（笑）。

これが本当に私の本の広告だろうか、と思うようなオビもある。（内田）

■ライフスタイルそのものが広告である

谷川　「広告」という一言で、われわれは割合、簡単に片づけてしまっているけれど、広告という概念の中には、アドバタイズメントということから、パブリック・リレーションズ、そしてプロパガンダまで、かなりいろいろなものが含まれているわけでしょう。そこにどういう区別があるのか、正確にはぼくはわからないけれど、確かにある区別をもって普段ぼくたちもなんとなく使い分けている。ぼく個人のことでいえば、プロパガンダというのはナチスの宣伝相ゲッベルス*なんかのイメージとすぐ結びついていて、あまりいい感じじゃない。まあ、これは昭和初年生まれのひがみかもしれないんですけど。

ところが、パブリック・リレーションズというのは、戦後の、確かGHQにそういう部門があって、それで初めてその名前を聞いたように記憶してるんで

＊ゲッベルス　1897-1945，ドイツの政治家。30年〜全国宣伝局長。

すが、なにか戦争中の日本にはない、政府がわれわれシモジモに、政府のやることを理解させようと一所懸命努力している。そういうものだという、割合シアワセなイメージがあるわけね（笑）。ああ、これが民主主義というものか、みたいな。それだけに、同時にいかがわしさもあるわけだけど。ともかく、そんなふうに、一言で広告と言ってしまう中にもいろんな〝広告〟がある。

で、いまはね、自分のライフスタイルそのものが〝広告〟である、というような面もでてきているんじゃないかしら。自分を、それこそブランドネームのある持ち物で広告する、あるいはヒッピーみたいに、長髪にジーパンというようなカタチで広告する。それはもちろん、自分のライフスタイルを選ぼうとすることで、いまはやりの言葉で言えば、アイデンティティを求めている、というい

自分のライフスタイルそのものが〝広告〟である、というような面もでてきているんじゃないかしら。（谷川）

うふうにも言えるわけだけれど、だからそこまで広告と言っていいのかどうかという問題は一つあるとは思うんですけれど、ともかく一種の広告性を持っていることは確かですね。

内田　区別することはまったく同感ですけれど、ぼくとしては、一種の広告性のところを重く見たい。

■「帰属意識」と「自己主張」

谷川　このあいだ、ある週刊誌で、青山のブティックがそこだけのマークのついてるスウェットシャツを売りだすのに、若者たちが朝の六時くらいから何百人も行列した、という記事が載っていた。遠くは関西あたりからそのためにわざわざくるわけですね。それをリポートした記者は〝おじん〟には全然わからないって書いてましたけれど（笑）、ともかく、そこに集まる若者たちは、その商品を買うことで無言の共同体意識みたいなものを作りあげている。だから、広告というのは、その広告した商品を買わせる、その実質的な働きもむろんあるけれど、そのイメージで一つの共同体を組織するというような働きもまた同時にある。ブランド志向というのも、有名ブランドを買うことで自分のクラスが少し上に上がったような錯覚を持ちたい、そういうものが働いているんだろうと思うんです。だから、ニセモノまで出回るわけでね。

まあ、昔は、ヨーロッパなんかでも、あるクラス以上の人は、革製品はエルメスしか買わないとか、レストランはどこそこしか行かない、みたいな形での一種の階級化があった。それが、いま大量消費の時代になって、そういう老舗も普通の大衆を相手にしないとやっていけなくなったし、受け手のほうも高級

広告というのは、そのイメージで一つの共同体を組織する働きもある。（谷川）

品イメージをだんだん求めるようになってきた。なにかそういう形でね、擬似共同体、ライフスタイルの擬似共同体みたいなものを形成するような動きが出てきた。と同時に、受け手の側も他人と共通のものを買うことで、なにか人とつながっているというような、そういう意識があるような気がするんですね。

内田　いまの谷川さんのお話には二つの要素があると思うんです。一つは、ある集団の中から抜けだす。つまり、すでに帰属しているある集団、国家でもなんでもいいんですが、そういう帰属集団から抜け出して、もう少し広い集団に所属する、というかな。つまり一つの標識さえあれば、この場合、それはたとえば一つの商標なりデザインということになるわけですけれど、その標識さえあれば、出所は問わない、というような役割を、それは持っていたんじゃないかと思うんです。

と同時にね、その中でのある自己主張、資本社会に帰属するというだけではないある突出した自己主張というものも、ものを選ぶという行為の中にあってね。しかし、最近はなにかややこしくてね、自己主張するという形での共同体帰属というようなものが、かなり強くなっている。個性でいこう、なんていう共同体帰属。いまはそれが一番強いかしらね。

谷川 たとえばぼくの十代の終わり頃、その年頃というのは割合、自己顕示欲も強いわけで、着るものなんかにコッてみたりするわけですね（笑）。で、ちょっと細身のズボンがほしいなんて思うわけだけど、当時そういうものは売ってない。そこで母親にそういうズボンを縫ってもらって、なにかトクトクとして着ていたことがあるんですが、いまは、ズボンの細さでも形でも無限にバラエティがあって、ともかくなんでも買えるわけですよね。だから、いまはカタ

個性でいこう、なんていう共同体帰属。（内田）

ログ的にその中からどう選択するか、みたいなことで、自分の個性が作られるような時代になってきている。

このあいだ、『なんとなく、クリスタル』[*]という本の著者が新聞のインタビューに答えて話していたことで、ちょっと面白いなと思ったのは、彼は、われわれの世代というのは情報をすべてシグナルとノイズに分ける能力がある、と言うわけですね。で、そのシグナルとノイズに分ける能力というのは、結局自身の身に合ったものを選び、買う能力だと言いかえることができるとぼくは思うんですが、いまの若い人たちというのは、そういうふうに選択しあるいは組み合わせることで、「オレはオレなんだ」という形で他人との間の関係を作っていってるようなところがある。

そして、広告というのはどうも、そこのところに深く関わって機能しているんじゃないか、そんな気がするんですね。ただし、大企業が華々しく広告して

＊『なんとなく、クリスタル』 田中康夫の小説，1980年発表。

いるものは、ちょっと自己主張が強い人たちには、すぐに〝カッペスタイル〟ということになっちゃうわけだけど（笑）。

内田　〝違いがわかる人〟文化、ですか（笑）。しかし、〝違いがわかる〟ようになってくるとダメになるというところが面白いね（笑）。だいたい、「違いがわかる」、あれだけで大きな広告が成立するというのも面白い。うまいねえ、あれ。実際どの程度に「違っている」のかよくわからんけれど、そのワカランところをアナタならワカルとくすぐる。

■うら悲しくも、ほほえましい

谷川　ぼくはクルマのことを考えるとよくわかるんですけど、あれは選ぶいまの若い人たちは、選択し組み合わせることで、「オレはオレなんだ」という形で他人との関係を作ってるようなところがある。（谷川）

ときにあきらかにイメージで買っているところがありますね。われわれがこのへんをトロトロと走っている分には、どんなブランドのクルマを買ってもほとんど同じ、安全性をとってみても経済性をとってみてもほとんど微妙な差しかないわけなのに、しかしなぜか、技術的に少しでも新しいクルマが欲しいという、そういう志向がぼくの中にある。

それは、一種のライフスタイルであり、また自己顕示欲でもあって、少しでも自分の納得できるイメージを作りたい、というような一つの動きでもあると思うんですけど、そういうときに見るのは、やはり経済的な車格よりも、イメージの車格みたいなもの、どうしてもそちらに重点的に目がいってしまう。

カセットデッキだってそうだと思うんです。これも基本的にはそんなに大きな違いがあるわけじゃない、その機能の面から言えば。しかし、大きさにしろ、デザインにしろ、やはり微妙な違いがそこにはあるわけで、機能プラスαを求めるからこそ、あれだけ多様な製品も出ている。そして、それだけ多様な商品を生み出すのは、やはり消費者、われわれ自身の意識だろうという気がするんですけどね。そうなると、それは一体なんだろうかと思うのね。だって、たとえばソビエトとか中国でテレビが一種類しかないなんて聞いたら、なんとなく気の毒な感じがしちゃうわけでしょう。

内田　タンノイのスピーカーがなくても別に生きていくには困らない。しかし、スピーカーが本当に必要か必要でないか、と言われるとね、私が存在していること自体、本当に必要かどうか（笑）。いや、そういうものだと思うんです。だから、それはね、ぼくは深入りというほどの深入りはしてないけれど、音楽を聞き始めると、だんだんだんだんとらわれてね、野坂昭如《あきゆき》*の「エロ事師

ライフスタイルであり、自己顕示欲でもあって、少しでも自分の納得できるイメージを作りたいという一つの動きでもあると思う。（谷川）

＊野坂昭如　1930-，作家。『エロ事師たち』で文壇デビュー。『火垂るの墓』他。

たち」じゃないけれど、なにか、われながら、うら悲しくもいとしいような、そんな感じになってくるでしょう（笑）。エロ事をいくら積んでもエロそのものにはとうていならない、その絶望的な距離をさとらされ、自覚しながら、それでいよいよ一歩でもとエロ事を積み重ね完成へのはかない努力をする。そのばかばかしさが、そういうばかげた事をしている人間の性がたまらなくいとしいんだなあ。

私の仕事もまあそういったものだけれど、大事大切の仕事に限らず、およそ一般にそうなんですね、つまんないことでも。そういうつまんないところがなくなると人間じゃなくなってしまう。私はタバコを飲んじゃいけないと医者から言われてるんだけれど、どうしてもやめられない。ところが、レコードを聞く部屋に入ると吸わないんです。ヤニがつくのがいやだから。といってね、けっしてレコードを自分の命より大事にしているわけじゃない。それは絶対ないけれど、なにかそれでも一所懸命磨いたレコードにヤニがつくのがいやなんですね。タバコが自分のからだに悪いと言われてもピンと来ないクセにね。

そういう、なにかもの悲しくも、ほほえましい(笑)、そういう部分に、やっぱりつけこむというか、入りこむ要素があるんだな、広告というのは。音がホンのちょっとよくなると聞いただけで、高い部品を買ったりするわけですから。そういうことをして「生きて」いる。エロ事師ですよ、まったく。格好よくいえば「絶対の探求」だけれど。

退廃だけれど、捨てられないもの

谷川 さきほど焼きいも屋の話が出ましたけれど、本当に空腹でいま焼き

もの悲しくも、ほほえましい、そういう部分に入りこむ要素があるんだな、広告というのは。(内田)

いもを食わなきゃ飢え死にする、といって焼きいもを買う人はまあいないわけですね（笑）。焼きいも屋の声、物売りの声が聞こえてくると、なんとなくその場のしつらえというか、自分で自分を演出して、ああ焼きいも屋さんの声が聞こえてきた、寒いことだし、ホカホカした焼きいもを食べるのもいいなあ、なんて思ってね、そんな感じに自分をもっていって、焼きいもを買う。

商品を買うという行為の中には、なにか昔から、そういうようなことが基本的にあったように思うんです。つまり、自分で自分のイメージを作ると言えばいいかな。一種の自己劇化みたいな要素があるから、広告も成り立つんだという感じもしますね。

内田　確かにね、焼きいもがどれだけのカロリーがあるかどうか、などということを別にして、ぼくら、焼きいもを食べてる。さきほどの谷川さんの言葉を借りれば、エネルギー源としての焼きいも（だけ）ではなくて、風物詩を味わっているんだ。焼きいもで初めて神田のマチは街として成立する。なきゃ街じゃない。その「風物詩」を味わうことが生きるに「必要」かどうか。カロリー以外に。これは経済学の基本だと思うんですが、ぼくは必要だと思う。必要でないとは考えられない。それを必要でないと考えていったら、いったいぼくが生きているというのはどんな必要があるか。

谷川　だいたい芸術などというものは消えてしまいますよね。

内田　芸術が消えちゃうということは、人間の全部が消えちゃうことですからね、イメージにみんな飛びついてくる。無駄なことをしている、という、これ、確かに退廃は退廃なんです。しかし、ぼく自身のやっている姿を見てみると、退廃だと言って簡単に否定はできないんだなあ。そういうものに踊らさ

一種の自己劇化みたいな要素があるから、広告も成り立つんだという感じもしますね。（谷川）

れている、そのおろかさだけが映るようでは、ぼくは、社会科学者にはなれないというふうにこの頃思うんです。確かに、おろかである、という認識を欠いたら社会科学者にはなれないけれど、最初からおろかであるというふうに映るような、そういう収集感覚って言いますかね、そういう感覚を持って世の中を見ていたら、悪い音ひろいをつけた再生装置みたいなもので、いくらアンプリファイヤーがよくてもダメなんですね。

このあいだ小豆島《しょうどしま》に行ったら、タンノイのスピーカーが、何台もあると言うんですよ。で、それで何を聞いているかと聞いたら、カラオケを聞いているらしい（笑）。ところが、それが笑えない。身につまされるというか、なにか人間のあわれさというかいとしさみたいなものを感じてね。私自身と同じような感じがしたの。私も同じ境遇にいればまったく同じことをしたであろうし、現にいま私がしていることも本質的に同じですからね。しかもそれは簡単には捨てきれないことだし、捨ててはならない。

確かにそれは退廃現象なんです。退廃現象なんですけれど、それにのめりこんでいるような人間というものを無視したら、それは広告についてもう少しまな政策を打ち出すことはできるかもしれないし、健康になるかもしれないけれど、一種恐怖の体制になると思いますね。下手に外から手をつけようとすると。そして、それはいまある退廃現象よりもしかしたらこわいかもしれない。

名医は栄養にこだわって、楽しみを奪い患者に生きる意欲を失わせたりしないものだ。それと同じで、やっぱり、退廃現象をぼくら自身も受けてその中でもの悲しくも楽しく生きながら、しかし、そういう自分を意識して楽しみつつ批判していく、というようなことでないとね。人間というのは、あまり意味が

確かに退廃現象なんですけれど、それにのめりこんでいる人間というものを無視したら、一種恐怖の体制になると思いますね。(内田)

ある存在というところだけで格好をつけてはいけないんじゃないでしょうか。
手段になってしまいますよね、人間が。

にほん語が言葉になるとき

——小学教科書試案『にほんご』をめぐって——

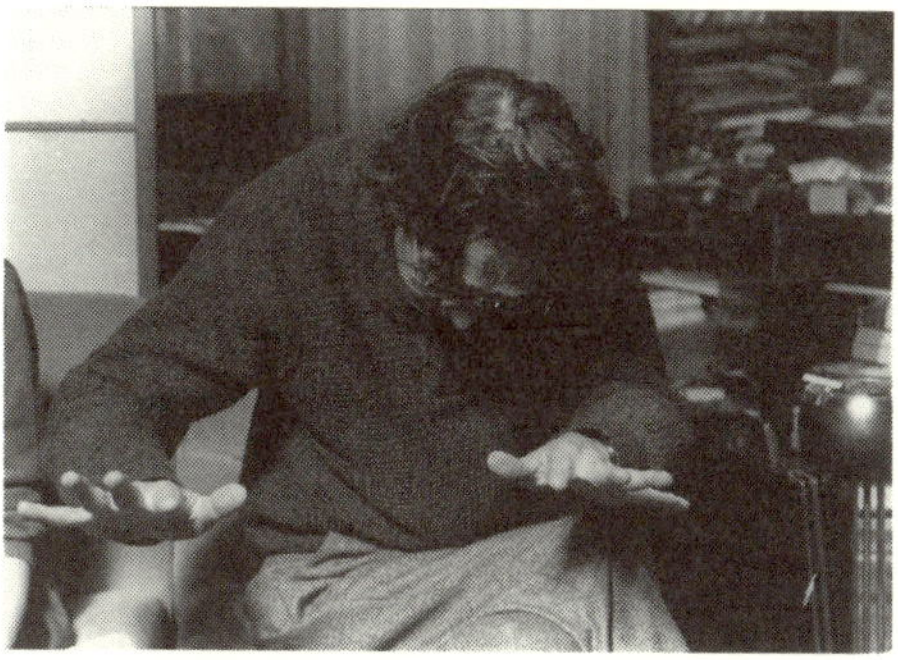

かなしみ

あの青い空の波の音が聞こえるあたりに
何かとんでもないおとし物を
僕はしてきてしまったらしい

透明な過去の駅で
遺失物係の前に立ったら
僕は余計に悲しくなってしまった

谷川俊太郎
（『二十億光年の孤独』より）

教師と生徒のあいだの触媒

内田　この『にほんご』*を読んで初めて気がついたんですが、小学校の一年生というのを、僕ハッキリとは知っていないんです。と言うのはね、これ読んで、ちょっとむずかしいんじゃないかなってまず思った。いや、むずかしいというより、もう少し減らしてもいいかなという感じがしてね。しかし、いや待てよ、減らすと言っても、どの程度ならちょうど適当と言えるのか、考えてみようとしたら、なにがその年齢にちょうどか、その辺が実にハッキリしない。小学校一年生の正確でシャープなヴィジョンが自分にまったくなかったことに気づいてあわててるんです。漠然とした子供のイメージしか持っていなかったんですね。

谷川　正直言いますと、僕らにも小学校一年生についてのヴィジョンといい

＊『にほんご』 安野光雅，大岡信，谷川俊太郎，松居直編，福音館書店，1979年。「小学校1年の国語教科書を自由に独創的に構想した作業の中から生みだされた，ことばの本」。

うのはほとんどなかったですね。われわれはみんな子持ちであったわけだけれど、うちの子なんて上はもう二十になってますし、一年生のときどんなだったかを思い出そうとしても思い出せない。だから、「小学校一年生」というのは仮のキャッチフレーズみたいなものでしてね、現実にはこの教科書もどきの一部を三年生に使ってもらおうと、あるいは幼稚園に使ってもらおうとかまわない。むしろ、僕らの潜在意識としては、先生方を刺激してみたいという気持が相当あったような気がします。

それともう一つは、日本人というのはどうも教科書というものを絶対視するようなところがありましてね、僕らも子供の頃、「踏むな」とか「またぐな」とか言われたのを覚えているし、書き込みなんかもってのほかという具合で、とても大事に使ってきた。

しかし、僕は、教科書というのは教師と生徒のあいだの一種の触媒になるとか、あるいは道具になるとかしながら使い捨てられていったほうがいいんじゃないかって考えているところがあるものだから、先生がこれを読んで部分的にでも面白いと思ってくれたり、あるいは、文部省検定の教科書を使って教えているコースのなかで、この部分は応用できるというようなところがもしあれば、そこの部分を彼が一度自分の言葉に直して利用してくれればいい、そういう考え方だったんです。

だからもし、文部省検定ということをはじめにちょっとでも考えたら、小学校一年生とは何かということを相当突っ込んで考えなければいけなかったんですけど、それだけは絶対やめようということでそもそも始めたものですから、その点、相当ルーズというか、ある意味で無責任なんですね。

日本人というのは教科書というものを絶対視するようなところがありましてね。(谷川)

客観的でありながら詩人特有の目

内田　おっしゃる意味はわかります。しかし僕としては、言葉どまりのぼやけたイメージしかないことに気づかされて、ショックでした。

ところで、この本を読んで、谷川さんという人は非常に論理的な方じゃないかと思いました。論理的っていうか、クール。とくに私がそれを強く感じたのは、『にほんご』よりもむしろ『わたし』*という絵本を読んだときなんですが、あそこには、何に対して何、何に対して何、というふうに、「わたし」と外界とのいろんな関係が整然と出てくるでしょう。もし、私が仮に作ったらどうなるかと考えてみて、ああいうつっぱねたというか、客観化した取扱い方はできなかったでしょうね。なにかもう少し片寄った関係になりそうな気がする。

で、そこに、谷川さんの詩人らしい特色があると思ったんです。一方で、僕

＊『わたし』 谷川俊太郎＝文，長新太＝絵，かがくのとも傑作集（福音館書店），1976年。「わたしは山口みち子，5才。お兄ちゃんからみると“妹”，犬からみると，“人間”。わたしはひとりなのに呼び名はいっぱい」……。

なんかより客観的な目をもっていて、他方、それこそ僕なんかには全然ない、詩人特有の目が働いている。とにかく、どっちつかずの平均的な見方しかできない僕と違って、体系的なバランス感覚に感心しました。

谷川　それは、確か十三見開きだったでしょうか、そういう月刊絵本のワクがあるということが、一つあるんです。もし、自由なページ数でやりなさいと言われたら、もっといろんな要素も入れられたかもわからない。だけど、ページ数が限られているものだから、切り方をある視点で割合スパッと切ってしまったっていうか、そうしないと通じないんじゃないか、という感じがあったわけですね。

それともう一つ、これは絵本を作る上での僕なりの技術的な問題であると言

この本を読んで、谷川さんという人は非常に論理的な方じゃないかと思いました。論理的っていうか、クール。（内田）

えるかもしれないんですが、二つの要素、三つの要素で一つの絵本を作るより、一つの要素でまず切って、その違うもう一つの要素のほうは違う絵本でやりたいっていう、そういう発想がどうも僕のなかにある。そういうやり方のなかで、取り落としてしまっている部分というか、本来一つのものとして考えなければいけないものを割り切りすぎてやってしまっているんじゃないか、そういう恐れは一方で常に感じてはいるんですけれど。

あの場合も、もう少し『わたし』ならわたしと他人の情念みたいなものを同時に扱ったほうがよかったんでしょうか。

内田　いや、僕は、逆にそういうところが面白いと思ったな。ただ、あのイラストとの関係がもう少し対立的な関係になればいいっていうか……。イラストと文章をずらす。たとえば、「わたし　ありからみると　でか」というところがありますね。その文章のイラストに、人間をアリにしちゃってビルを見上げているところにするとか、そういうことも可能かなという気はしましたね。あるいは、鏡に自分を映す。そうすると「わたし」が二つ出てくる。そういう「わたし」もいるわけね。あるいはまた、鏡を見ながら自画像を描いているとか。そんなことをいろいろ考えさせてくれましてね、その意味でもたいへん面白かった。

谷川　なるほどね。鏡というのは面白いですね。それは思いつかなかったな。もうちょっと前にお会いすべきだった（笑）。

■社会科学的にみる眼と詩

内田　しかし、どっちが自分かという問題はむずかしい問題ですね。言葉

どっちが自分かという問題はむずかしい問題ですね。（内田）

の問題にはとくにいま言ったような二つの要素がかなりあるように思う。つまり、詩人としてのいまおっしゃったような側面と、もう一つ、ある意味ではそれと対極的な社会のほうから降ろしていくという側面、谷川さんには僕なんかよりももっと社会科学的にものを見る側面がある。谷川さんのそういう側面は一体どういうところから出ているんでしょうね。

谷川　僕は、詩を書いている人間にしては、割合、散文に魅かれる人間だということがまずありますね。考えてみると、僕は詩人になりたくて詩人になった人間ではどうもなさそうなんです。なんとなく、うやむやのうちに詩を書く人間になったと言えばいいのか……。たとえば普通、詩を書き始めるときには、古今東西の詩を読みあさるというような場合が多いわけだけれど、僕の場合、詩にすごく魅《ひ》かれて、好きでしようがなくてその詩集を読んだという経験がほとんどない。それよりもエッセイなんかを読んでいるほうが自分にとってプラスになっていたし、詩を書く上での原動力みたいなものになっていたというようなところがある。それは、いまでも変わりなくて、いやむしろ、ますますひどくなってきていて、同世代の友人の詩なんかもあまり読みたいとは思わない。

それから、僕の友人なんかでも、日本の古典をずっと読んできて、それを自分の詩のなかに取り入れていく、継承していくというような立場の人もいるんですが、僕はそういう方向にはあまり興味がわかなくて、むしろ文化人類学の本であるとか、心理学の本であるとかを読んでいるほうが、ずっと自分が豊かになるような気がする。

そういうところで自分の詩を書く土壌のようなものを作っているみたいなところがあるんです。それと、詩を書く場合にも、いわゆる自分の意識下のドロ

僕は、詩を書いている人間にしては、割合、散文に魅かれる人間だということがまずありますね。（谷川）

ドロしたようなものを表現していくという態度よりも、むしろ、自分の外側にあるものを叙述していくというか、あるいは、そういうものをはっきりと意味づけたいって言えばいいのか、なにかそういう欲求がすごく強いですね。『定義』[*]という詩集は割合そういう面がストレートに出ている。

だから、もしかしたら、僕は、根本的には詩人じゃないんじゃないかと思うこともある。しかし、逆に言うと、いわゆる詩人的なところがないから、まあ自分なりの詩が書けてるんじゃないかというふうに思うこともあります。とにかく、自分が置かれている状況とか、自分自身というものを、なにかの形で割合、明確につかんでいないと、ちょっと生きてゆけないようなところが僕にはあるんですね。

内田 文化人類学とうかがって、なるほど、さきほどらいの僕の印象がなんであったのかわかってきました。で、やっぱり本当は、その二つの結びつき

＊『定義』 谷川俊太郎，詩集，思潮社，1975年。

が一番大事な問題なんでしょうね。言葉の問題としては。

学問に向いてない方が本物の学問だ

谷川　僕の友人の一人なんですが、言葉というものを波動としてとらえる、という言い方をしたのがいる。光と同じように、言葉には波動性と粒子性の両方の性格があるというのが彼の意見なんですけどね。そういう意味で言うと、どうも僕はいままで粒子性のほうに片寄ってきたって言えばいいのか、割合、明示的な言葉に引かれてきたんですね。

つまり、分割して、名づけて、整理して、秩序だてるという方向の言葉の働きのほうが僕にとっては大事であって、分割されたものを結びつけ、総合して、

いわゆる詩人的なところがないから、まあ自分なりの詩が書けてるんじゃないかというふうに思うこともあります。（谷川）

一つの波にして伝達していこうというい き方は、どうも少なかったような気がする。数年前から、そのことに少し自覚的になって、いわゆる波動的な言葉の使い方にも少し目が開かれてきたっていう感じなんです。ただ、僕はナマケモノだから、それが学問のほうに行くってことはないんですけど。

内田 その学問のほうに行くことがないっていう場合の〝学問〟とは一体何ぞや、ということですけどね（笑）。学問と考えられているものが本当に学問か、というようなことがあるんじゃないでしょうか。そういう意味で言えば、僕もあんまり学問に向いていない。たぶん、そうだと思います。学問に向いていないほうが実は本物の学問だという自負もあるわけでねえ。

そういう意味では、似たような問題が谷川さんと僕のあいだにはあるのかもしれませんね。「ほんとうの教育者はと問われて」という連載が何新聞かにあって、大体教育の外の話が多かったですね。

■言葉という素材の持っている「質感」

谷川　この『にほんご』をやったあとで、言語学をずいぶん勉強されたでしょうとか、そういうことを言われることがあるんです。そうすると僕はびっくりしちゃう。それは多少は読みかじったりもしたんですけれど、あるところまでいくと、むずかしくてとうていわからない。

僕の感じとしてはむしろ、木工している職人が木という材質に感じているような感覚が言葉というものに対してあって、つまり、言葉というものを素材にして、二十数年、詩のようなもの、文章のようなものを書いてきた人物として、言葉という素材の持っている質感と言えばいいのか、抵抗と言えばいいのか、

学問に向いていないほうが実は本物の学問だという自負もあるわけでねえ。(内田)

そういうものに対する一種の確信のようなものができあがってきていて、そういう立場のいわば〝職人〟が、自分の経験から何かを語れるのであれば語ってみたい、自分なりの考えをまとめてみたい、なにか、そういう感触で作っているような気がするんです。だから、日本語に関する体系のようなものがあるかって言われると、そういうものはなにもない。

で、僕はそこのところで、内田さんが『社会認識の歩み』[*]のなかでおっしゃっておられる「断片」というものに、なにか重なるところがあるんじゃないだろうかと勝手に思っているようなところがあるんです。『にほんご』の場合、一つの論理なり、言語観なりが、線的に展開していくのではなくて、僕らが実際に生きて書いてきた作業のなかでつかんだある感触のようなもの、それを断片のかたちでモンタージュしていったという印象が自分では強いんですね。これは編集委員会でもずいぶん論議されたことですけれど、一から始めて、二、三、

＊『社会認識の歩み』 内田義彦，岩波新書，1971年。

四というふうにはたして言語が扱えるのかどうか、そういうふうにしちゃうとどうも生きている言葉にならないんじゃないか、内田さんの言葉で言えば、「ボディ」ですね、そういうことは割合、考えましたね。

教科書を忘れたところで構成される「場」

内田　編集委員会でそうやっていろいろと討議されたでしょう。それが、実際に本を書く場合にどういう形で役に立ったのかしら。つまりね、私の経験で言うと、たとえば研究会なんかに出ましょう。で、この意見は面白いから使おうかなと思っても、いざ書く段になるとなかなか使えない。実際、具体的には。だけど、それが全然役に立たないかって言うと、そんなことはない。それがな

実際に生きて書いてきた作業のなかでつかんだある感触のようなもの、それを断片のかたちでモンタージュしていった……（谷川）

ければ出てこないものがあって、その辺が大事だと思うんですが。

谷川　抽象的な意見がいくら出ても、最終的に小学生を想定してひらがなで文章化するという作業は一人の人間がやる。みんなでやるというわけにはやっぱりいきませんね。『にほんご』の場合は、まあ、その役割を僕がやって、それをあとからみんなが手を入れてくれたということはあるわけですけれど、ただ、こんどの場合は、みんなが割合、具体的なイメージをもっていたということはありますね。たとえば、「うそ」なら「うそ」というものを扱えないかっていう話が出ると、項目として「うそ」というのが出てきたり、あるいは詩をどうするかということになった場合、近代詩、現代詩の類はやめて、民間伝承的な、暗誦させることを前提としたもののほうがいいとか。

内田　今度はきわめて具体的な意見ね。

谷川　ええ。で、それしか役に立たないと言えばいいか……。その具体的ということにはもちろん、僕の文章化したものを、これはまずいとか、ここはこう変えたほうがいいというような形での意見もはいってくるわけですけれど。

内田　その、きわめて具体的な意見というのはたいへん役に立つ、直接に。しかし、一般的なことで言うと、討議はしても書くのは一人ですから、出された意見がそのままますべり込む形ではあまり生かされないだろう。生かし方はほかにある。たとえばテクストとしてこの『にほんご』を教室で使う場合、教科書にあることが、知識あるいは学問としてそのままますべり込む形で役に立つのではなくて、本がある〝場所〟を作りだすでしょう。その〝場〟が重要な役割を果たす。テクストを忘れたところで新たに先生と生徒のなかに構成されてくるものが大事なんですね。言葉を覚えることの意味がそうでしょう。

本がある〝場所〟を作りだすでしょう。その〝場〟が重要な役割を果たす。（内田）

■想像力の領域をどう扱うか

谷川　小学校一年生用の検定を受けた教科書をわれわれもいくつか見たんですが、どうも現行の教科書というのは、おっしゃるようにはできていないようですね。言ってみれば、口移しに教えるというような形のものに大部分がなっている。

このあいだ、ある先生から『にほんご』の感想のハガキをいただいてちょっと驚いたんですが、たとえば、あれは「わたし　かずこ」というのから始まりますね。そうしますとね、いまの先生は下手すると、「わ」の字を教え、「た」の字を教え、「し」を教え「か」を教えて、「ず」という「す」に濁点のある字はまだ早いからあとに回そう、みたいな、そういう教え方をする危険性があると言うんです。で、いまの教科書というのは、たとえて言えば、どうもそういう教え方をされているらしい。でもそれでは、「わたし　かずこ」という言葉の広がりというのはまったく失われてしまうし、この本も、まったく生きないということになってしまう。

そうなることを避けたい、という意図から、一種〝問い〟のような形で出している部分が多くなっていますね。

内田　さきほど「うそ」ということをおっしゃったけれど、「うれしそうにかなしいって　いってごらん。うそついてるみたいだね」っていう用例がありましたでしょう。あれを見たとき、私なんかは「うそついてる」っていう感じより、冗談を言っているというかな、むしろそんな感じがして、抵抗があったんですが。

一種〝問い〟のような形で出している部分が多くなっていますね。（谷川）

谷川　そのへんがやってても一番むずかしかったですね。つまり、単純な〃ライ（lie）〃と〃フィクション（fiction）〃の区別が、日本語では非常にむずかしい。「うそ」と「おもいえがく」っていうふうにしてるわけですけど、それをとにかくひらがなにひらかなくちゃいけない。

内田　ああ、それも〃うそ〃だからね。「うそついてる」。なるほど、そうか。

谷川　そうなんです。大岡〔信《まこと》〕＊君は「そらごと」というのを出してきたんですけど、いま、「そらごと」という言葉はほとんど死語に近くなっていて、子供たちに向かってはちょっと言えないんじゃないかという気がしましたし……。

内田　つまり、「そらごと」と言えば、私のひっかかりは解けるわけですね。

谷川　そういうことになりますね。その言葉が使えればね。やはり想像力の領域というのは扱い方が非常にむずかしいですね。ここでは、日常的なうそというものと、物語世界でのうそというものの二つに区別して「うそ」を多義

＊大岡信　1931-，詩人，評論家。朝日新聞連載「折々のうた」他。

的に使っているわけですけれど、もしかしたら、そこのところは「うそ」と言うべきじゃなかったかもしれません。

内田 まだ分析以前の感じがありますからね。普通の〝うそ〟という用語がまだ割合、狭いところで理解されているから、その点でもむずかしいのかもしれない。

気がつくように仕向ける

谷川 児童心理学の人なんかが、たとえば四歳児と五歳児は違う、というような言い方をよくしますね。つまり、発達過程というのが一年刻みになっている。だけど、そういうのってホントかなって、僕は思ってしまう。小学校の

テクストを忘れたところで新たに先生と生徒のなかに構成されてくるものが大事なんですね。(内田)

一年生と言っても、そんなに能力が均一にそろっているとは思えないでしょう。そうだとしたらむしろ、僕は、多少むずかしいものでもいいんじゃないか、子供にはやさしいものよりもむしろむずかしいものを与えたほうが興味を示すんじゃないかというふうに漠然とですけど思っているところがあるものだから、つい、むずかしいほうへむずかしいほうへと行ってしまうようなところがありますね。

内田　そのかわり、整除しのこしておくっていうのかな、ある程度整除しかけて、なおかつ整除しのこしておくということも必要になるでしょうね。とにかく注意を喚起するということは必要ですね。

それともう一つ、教えるということの微妙な緊張関係と言うんでしょうか。もう二、三十年も前だけれど、幼稚園の先生でちょっと知っている人がいて、そこに遊びに行ったときに非常に感心したことはね、子供が外から来て靴をぬいでそのままパッとあがったんですよ、揃えずにね。そしたら彼女は「なんとかさん、この玄関ちらばってるネ」って言ったのかな。子供は気がついて靴を直しましたけれど、あれ、言わなかったらやっぱり気がつかなかったでしょうね。だけど「直しなさい」とは言わないわけです。

真ん中ぐらいの言い方……。そういうことが認識のレベルでも絶対に必要だという気がしますね。気がつくように仕向ける。そのかぎりは積極的に働きかけて、しかし、それ以上はやらない。やっちゃいかん。そこに非常にデリケートな問題がある気がして……。

谷川　「何々しなさい」という言い方がありますね。それはどうしても避けようということで、僕らもずいぶん苦労しました。つまり、そう言わずに、あ

ある程度整除しかけて、なおかつ整除しのこしておくということも必要になるでしょうね。（内田）

る具体的なものを提示してそこから子供に気づかせたいって言うか……。教える、教わるという上下関係じゃなくて、先生と生徒が互いに刺激しあっていくという関係というのができればいいと思うんです。ただ、そうなると、結局、「Let us」、「何々してごらん」みたいな言い方になって、それもちょっといやらしいかなって感じもしちゃう（笑）。

■科学に沿っているけれど科学の目ではない

内田　役所用語の「みなさま」とか、なにかそういう感じを想い浮かべますね。よく「観察してみましょう」というような言い方をするでしょう。自分で考えてみようとか。それで想い出すんですけど、前にあるところでおしゃべりをしなきゃならなくて、その材料にと思って、小学生の夏休みの綴方《つづりかた》をずっと読んだことがあるんです。これは非常に面白かった。ところがもう一つ、観察日記というほうを読んだらね、これがつまらないんだな。「何月何日。つるが何センチ伸びました」とか、そんなことしか書いていない。同じことが綴り方ではたいへん生き生きと書かれている。観察日記よりはるかに科学的でね。

観察日記のほうは科学に沿ってはいるんだけど全然科学の目ではない。その辺が勘どころですね。つまり、科学の世界に入れることで、逆に科学の目を奪ってしまっている、ということが、ずいぶんある。いまの「観察しましょう」という言い方のなかに、あやしいところがあるんじゃないでしょうか。

谷川　人間の具体的な毎日の生活から切り離してしまうんでしょうね。科学と言うと、なぜか根っこがなくなっちゃう。実際は科学というのは、人間の具体的な生活の中で芽生え、発展しなきゃいけないものなのに。

科学の世界に入れることで、逆に科学の目を奪ってしまっている、ということが、ずいぶんある。(内田)

内田　そうなんです。そこで、たとえば科学というものが生きるはずだし、それを伸ばすために別に科学の世界というものの中に引き入れるということも大事なんだけれど、根元は科学の世界に入ったところにあるんじゃなくて、それ以前のところにある。ところが、たいていが科学の世界に入ったところから始めるものだから、科学的方法が科学という世界の一つの約束事のようなものになってしまい、普通の生活での目の働かせ方とは無関係になってしまう。

■子供の具体的な生活と結びついた言葉

谷川　僕らが『にほんご』を発想したときも、ちょうど同じような実感がありましたね。つまり、いまの国語というのは、国語という学科がまずあって、それが、子供の現実の毎日の暮らしとは関係のないところで、一方的に教えられている。まあ、実際には関係させているつもりかもしれませんが、どうも僕らにはそこのところが切り離されているという印象が強くて、もっと毎日の具体的な暮らしの中から言葉というものを考えさせるようにしたい、というふうに思った。

たとえば、さっきも言いましたように、「わたし　かずこ」というところから始まりますすね。そうすると、ある先生は「それでは困る。わたしはかずこです、という言い方が正しい」というような意見をおっしゃる。むろん、僕らもそのことは十分承知しています。だけど、実際に小学校一年生くらいの子供が「わたしはかずこです」って言う機会は非常に少ないんじゃないか、もしあるとしたらよっぽど目上の人の前できちんとなにか言わなきゃならないときで、その場合はたぶん「〇〇かずこです」というように、苗字までつけて言うだろう。

科学というのは、人間の具体的な生活の中で芽生え、発展しなきゃいけないものなのに。（谷川）

友だちなんかと会って名前を言う場合はやはり「わたし　かずこ」「ぼく　あきら」というふうになるんじゃないか。

まあ、そんなことをいろいろと考えたうえで、ここではむしろ日本語の規範というようなものにあまりとらわれず、現実に生きている言葉を出していこうという判断をしたわけです。しかし、実際のところは、そこは相当にむずかしい問題でね、規範になる文章が一切なくていいか、ということになると、やはりそうは言えない。ただ、その規範になるものを出していく前に、子供の具体的な生活と結びつけるものがないと、言葉というのは死んでしまうんじゃないかという気がするんですね。

内田　それはまったく賛成ですね。やはりそこから出発すべきでしょうね。

谷川　そうでないと、自分と他という人間関係の中で実際に生きて働く言葉がどこかに行ってしまって、言葉だけが宙に浮いてしまう。そういう形で言葉をとらえていくと、結局、言語というものを知識の一種の体系みたいなものにしてしまって、たとえて言えば、生きている生物をスライスし、死んだ標本だけで勉強していくというようなことになりかねないと思うんです。

内田　実体のない言葉になりますね。

■言葉を中心にいろんな枝が伸びている

谷川　僕らの最初の野心としては、そういう方向をもっと推し進めて、単に日本語だけを扱うのではなく、そこに、体育も出てくるし、音楽も出てくるし、社会も出てくれれば数学ももしかしたら出てくる、そういうものが理想だったんです。つまり、常に言葉というものを中心にして、いろんな枝が伸びてい

子供の具体的な生活と結びつけるものがないと、言葉というのは死んでしまう。（谷川）

るということを、子供たちに体得させることができればと思っていたんですけれど、ちょっとそこまではうまくいかなかった。僕らが参考にしたイタリアの教科書、これはもしかしたら副読本のようなものなのかもしれませんが、そこには、これはもう一見無秩序と言っていいくらいに、いろんなものが入ってきている。それこそ、数学もあれば社会的なものもあれば、図画工作、体育、音楽となんでも出てくる。

やっぱり、小学校一年生ぐらいの子供というのは、まず総合的な世界認識というものから始めたほうが本当はいいんじゃないか、始めから国語、数学という形で分けていくのはちょっとまずいんじゃないか、なんて思ってもいるんですけれど。

内田　われわれ大人の世界だって、いろんな学問を通じて――と言っても、いま学問の世界というのは実際存在しませんから、諸学問の世界と言ったほうがいいかもしれませんが――そういうものを通して一体何が認識されてくるのであろうかということを考えた場合、やはり国語の問題というのは大きいと思いますね。つまり、英語で言えばリテラチャー（Literature）としていっぺん統一されてこないと結局役に立たないんじゃないか。

英文学史なんかで言うリテラチャーの概念は非常に広くて、たとえばアダム・スミス*の『国富論《こくふろん》』*なんかもリテラチャーですからね。もともとそういうものとして出てきているし、また、そういうものとして受けとる側も受けとっている。で、そういうものとして受けとらないかぎり、たぶんあんまり役に立たない。それぞれの学問がそれぞれに役に立つということはあるかもしれないけれど、本当にその文化が人間のものになっているかどうかは、繰り返すけれど、

言葉というものを中心にして、いろんな枝が伸びているということを、子供たちに体得させることができれば。（谷川）

＊アダム・スミス　1723-1790，イギリスの経済学者。
＊『国富論』　スミスの主著。経済学の最初の体系的著作。経済的自由主義の古典のみならず，近代自由主義思想の古典といえる。

もういっぺんリテラチャーとして統一されてこないとね。

■多言語状況の中で日本語をとらえる

谷川　われわれ〝母国語〟という言葉を自然に使って、別になにも疑いませんよね。だけど、母語と国語が一致している国というのは世界でも非常に少ないらしい。これは僕もある人の書かれたものを読んで学んだんですが、インドネシアなんかでは、むろん生まれ育った土地の言葉というのがまずあって、次に植民地時代のオランダ語が入って、日本軍がくれば日本語を学ばなければならないし、独立すると今度はインドネシア語が公用語になる。もし彼がビジネスマンなら英語もしゃべれなければいけないだろうし、という形で、母語と国語はまったく違ったものにならざるをえない。つまり、単一言語というのはむしろ非常に特殊でね、一人の人間が生きていくうえで多言語でなければならないという状況は非常にはっきりでてきている。

ところが、日本人というのは、日本語が母国語である、ということを信じて疑わないと言うか、日本語を絶対視してしまうような態度がありますね。それは、文化交流という面から見ても、今後、必要性が高まってくると思われる比較文化という点から見ても、ちょっと問題があるんじゃないか。

やはり、自分たちの言葉を〝国語〟というふうにとらえないで、英語、フランス語、インドネシア語、アラビア語、日本語というように、等価に、相対的にとらえるということをまずしたい、そういう意識があったものだから、この本もわざわざ「国語」じゃなくて『にほんご』にした。

で、いまおっしゃったリテラチャーという言葉ですけれど、日本語では「文

日本人というのは、日本語を絶対視してしまうような態度がありますね。(谷川)

学」というようなことになっちゃってね、「文学」というのも、考えてみればおかしな言葉でなにを学ぶんだかよくわからない感じもするんですが、だからむしろ、「文」というのかな、「文」という日本語はリテラチャーという意味を内在させていたんじゃないかという気が僕はするんです。ですから、書きものは全部そこに含まれるはずだと思うんです。

■社会科学が日本のリテラチャーになる

内田　僕の場合もやはり、社会科学というものを専攻しながら同じような認識に到達していましてね、つまり、ちょっと大上段な言い方をすると、社会科学が日本語で考えられるというか、さきほどの言葉で言えば、日本のリテラチャーになる、というのでなければ、まだその社会科学は本物ではないし、逆に、日本語で社会科学的認識が育たないようだと、つまり、日本語が、社会科学の言葉を異質なものとしてではなくとり入れえないかぎり、日本語はまだどこか言葉として一人前でないと僕は思う。

僕らが普通しゃべっている、またしゃべらなければならないことのなかには、やはりどうしても社会科学的な問題があって、それを、わがこととして、自分の目、自分の言葉で語りうるようでなければ、やはり日本語の機能としてまだどこか足りないんですね。

文学は当然そうだけれど、普通の思想の文章というのも一つの作品だと思うんです。作品というのはどういうことかと言うと、常に最終読者が消費者であるということ、経済学の言葉で言えば、生産財ではないということですね。専門家が読んで、それで何かを作るというのではなくて、常に最終読者を目指し

日本語が、社会科学の言葉をとり入れえないかぎり、日本語はまだ言葉として一人前でない。(内田)

て書かれている。従って、その判定は常に最終読者がする。十年、百年の知己を待つ、といったようなレベルの高いものでも、やはりそうですね、で、ある意味では、高い作品ほど専門の範囲を超えてあらゆる読者に語りかける、深く語りかける、という要素を持っている。

それともう一つは、作品としての独立性を持っているということ。つまりね、たとえば芝居でも、もし第一部・第二部とあったとして、第二部になったらその意義があきらかになるであろう、というような芝居はないと思うんです。やはり、それは常に独立した意味を持っている。

ところが、社会科学という特殊な思想の作品というか、生産物の場合は、そのところが逆なんですね。まず、社会科学の論文は——〝作品〟ではなくて〝論文〟ですけれど——生産者である専門家に向けて書かれている。素人の判定をあてにしないんです。極端なことを言うと、素人にわかるような作品は質として低い。それくらいの思いあがりがある。

で、ある意味ではそういう面も必要なところがあるからむずかしいんですが、とにかく社会科学の専門家は専門家をあてにして書くし、また、その専門もだんだん狭くなっていますから、この方面の専門家さえ読んでくれればという傾向はますます強くなる。そのかわり、専門家である読者は世界中――と言っても実質は超大国ですけれども――に散らばっている。

それともう一つ、論文というのは一つの世界を構成していないんです。たとえば、その一つの論文が構成している社会的意味は何かというようなことは、その論文一つでは絶対わからない。他の論文や事実とかみあわせてみて、初めて大きな意味をもつことになる。いや、社会的意味だけじゃなくてね、その発

文学は当然そうだけれど、普通の思想の文章というのも一つの作品だと思うんです。（内田）

見した事実が学問的観点から見てどういう意味を持つかも一つの論文だけじゃわからないことがある。しかもそういうものが世界中に散らばっているわけです。その国の読者はむしろ関係ない。同じ専門の世界中を相手にそういう論文がプールされていく。で、そのプールされた社会科学の成果が、たとえば政治的実践、あるいは社会的実践のなかで、体制の側も、あるいは体制に反対する側も含めて、発揮されていく。

学問は、政策の形で実践に移されて、その政策の受益者というか、犠牲者というか、そういう形で、初めて消費者一般の人たちが関わってくる。そういう意味では生かされ方が非常に迂回的なんですね。しかも、その迂回が本当に〝迂回〟と言えるかどうかと言うと、それもはなはだあやしくて、そこでの最終的消費者は、いわゆるフィードバック装置からはずされているわけでしょう。それが、いまよく言われる、いわゆる技術的世界の空回り現象であるわけですけれど、私は、やっぱりねえ、この社会科学の全体としての生産財的特質をそのままにして、その改善を待つだけじゃどうしてもだめだという気がするんです。社会科学のあいだで共同研究をすれば、社会的認識は専門家たる政策生産者のところではある意味で統合されてくるんですが、社会科学が全体として専門家のための生産財である、という根本的な形がまったく変わらないかぎり、学問の空回りは止まらない。

じゃ、その迂回というものの有効性を回復していくためにはどうしたらいいか、ということになるわけですが、僕はやはり、社会科学の作品も制作物も、作品性を持たなければだめだ、つまり、直接読者に読まれ、その読者自身の内部で、一人一人が社会科学的な認識をしていく手段としての役割を果たすよう

社会科学が全体として専門家のための生産財である、という根本的な形がまったく変わらないかぎり、学問の空回りは止まらない。（内田）

な形にならなければ、どうしても全体としての空回りは避けられないような気がするんです。さきほども言ったような、専門家の共同研究というような形だけでこれを切り抜けようとしても、結局、その性格は管理の学としての性格を持つ。いや、管理の学としても、僕は、あんまり有効にはならないと思う。

やはり、一人一人の人間が、社会科学というものを知識として見るのではなくて、あるいは、社会科学の結論でものを見るのではなくて、〝社会科学によって自分の目で見る〟。つまり、社会科学を知ると、なるほど、ここにこういうものがあったな、気がつかなかったという形で自分の目と頭が働く。そういう役割を仮に社会科学が果たさなかったら、それは要らんものだと思うんです。

私自身の小さな経験で言っても、社会科学の助けを借りて初めてものが見えてきた、いままで実体だと思っていたものが実は実体ではなくて、こう見たほうがやっぱり実体だ、というようなことが起きてくる。つまり、日常の言葉より、より深く実体をとらえる言葉として社会科学の専門語が出てくる。その出会いを待ってその社会科学の言葉を採用する。そのとき、その言葉は、その人の日本語にきちんとなるんですね。で、そういう意味の準備を、子供のときからやらないといけないということをいつも考えているんですけれど……。

■むずかしい思想をひらがなにひらく

谷川　さきほど文学は別だとおっしゃっていましたけれど、お話を伺っていると、なにか現代詩の世界のことを言われているような気がしてきました。非常に似てますね。つまり、専門家相手で消費財になっていない。詩人仲間とか詩論家仲間が読んで云々《うんぬん》する、というものがとても多くなっている。普通の

一人一人の人間が、〝社会科学によって自分の目で見る〟。（内田）

人たちは現代詩というのは難解で歯がたたないという感じになっているんじゃないでしょうか。まあ、詩の場合は無力だから、とうてい管理するところまでは行きませんけれど……。

内田 いや、無力じゃないと思いますよ。

谷川 そうでしょうか。まあ僕は、現代詩のそういう面をどうにか打ち破れないものかなんて、割合、考えるほうだと思うんですが、そういう一種特権的世界にいるほうが心地よいという人が割合、多い。で、また、消費財になるような詩を書こうとすると、これが下手すると、すごくつまらなくなる（笑）。

さきほど、社会科学を、消費者は言葉としてでなく、実際の被害やあるいは行動として受けとる、というお話がありましたけれど、現代詩の世界では、そういう専門的な言葉は、たとえて言えば、広告コピーの世界に影響を与えたり、いわゆるニューミュージックの歌詞に影響を与えたりしながら、消費者に届いているという感じがすごくありますね。で、そういうチャネルじゃない、もっと普通の、どんな人にもわかるような形で詩を書こうとすると、僕の場合は、たとえばわらべうたであるとか、言葉遊び歌であるとか、なにか日本語の伝統と直接結びつけたものあたりまで行かないと、どうもうまくいかない。

そこで思うんですが、本当に日本語になる、あるいはなりうる社会科学ということを考えていくと、たとえば民俗学みたいなところにいかないとダメなんじゃないか、そんな感じが僕なんかしたりするわけですね。と言うのは、やはり、言葉というものを媒介としているから共通なものが出てくるんだと思うんですが、西欧で発達した学問というのは、簡単に言うと、普通の人が普通に暮らしているところで普通に使っている言葉がだんだん抽象されて、社会科学の

本当に日本語になりうる社会科学を考えていくと、たとえば民俗学みたいなところにいかないとダメなんじゃないか。(谷川)

用語になってきているわけでしょう。

内田　そうだと思います。生まれたもともとはと言えば。

谷川　で、あらゆる学問が、たぶんそういうものなわけですね。

内田　ええ。

谷川　ところが、日本の場合には、その具体的な暮らしが切り捨てられた形で西欧の学問を輸入し、それを漢語に写しかえたわけでしょう。その漢語に写しかえられた時点でその言葉は少数のエリートたちの言葉になってしまった……。だから、そういうエリートたちの言葉を普通の人たちの言葉に組みかえていく作業というのは、西欧の場合とは逆のコースで、言葉を降ろしていくと言うんでしょうか、そういうことが必要だという気がするんですね。まあ、降ろすと言うと、なにか上下関係があるようで変なんですが、つまり、言葉をひらくって言えばいいのかな。

で、そういうことは、たぶん僕たちの仕事の分野とも無縁ではないわけで、僕の個人的なことで言えば、たとえば、僕は絵本というメディアに非常に興味を持っているんです。実際、ここ十年くらいの間にずいぶん絵本を作ったんですが、その興味を持つ点の一つは、絵本というのは、小さな子供を対象とする場合が多いので、とにかくどんなむずかしい思想もひらがなにひらかなければ伝わらない、という点なんです。たとえば、最初に例にあげてくださった『わたし』という絵本の場合でも、ああいう一つのコンセプトを考え、それを、まったく非専門的なまったくナマの人間そのものみたいな存在の子供に伝えていこうとしたら、どうしても、ひらがなにひらくことが必要になってくる。僕が、いわゆる物語絵本よりも、経済の仕組をどうしたら伝えられるかとか、人間の

普通の人が普通に暮らしているところで普通に使っている言葉がだんだん抽象されて、社会科学の用語になってきているわけでしょう。(谷川)

深層心理みたいなものをどうしたら伝えられるかといった、むしろ人文科学の分野の絵本に興味を持ってしまうのも、もしかしたら、そういうことと関係があるのかもしれません。で、もし、そういうところですばらしい絵本ができれば、それはたぶん、普通の大人にも面白いものになるだろうと思うんです。

やさしいということは高度なことよりむずかしい

内田　その、大人にも面白いということ、それがかなめだと思いますね。そういうものでなければ子供の本としてもダメだと思う。子供に面白いわけがないと思いますね。逆に大人さえ面白い、成人なおもて感動するていのものなら、いわんや子供にはよくわかる。つまり、大人がもう一度、子供に感心すると言うかな。常識の世界から出てすがすがしい真実に感動する、それは、たやすく言うけれど、容易なことじゃないんでね。

やさしいということ、これもまた問題ですね。やさしいということは高度なことよりいかにむずかしいかということね。論文を書くのは、むしろやさしいんですよ、ある意味で。だけど、やさしい言葉で書くとどこまで御本人の自分がわかっているか、そのことが問われる。自分にわからないことが人にわかりっこないですからね。つまり、自分のことを動かさずに、それをいくらくだいてみても全然だめだと思うんです。自分がまったくわかっていないということがちゃんと自覚されてきて、こう言えばわかるだろうかということが、どうにか自分でもわかってきたときに、その言葉は初めて相手にもわかる。やさしく伝えるということは、ある意味で困難さを自分に課すことだ、また相手にも本当の困難さを課すことかもしれない……。しかし、その困難さを、楽しい困難さっ

自分のことを動かさずに、それをいくらくだいてみてもだめだと思う。（内田）

て言うのかな、そういうものとして、人ごとでなく引きうけていく、そういうことでないとね。

そしてたぶんその困難さのなかで初めてわかってくることがある。困難さを背負いこむことで、人は初めて自分になるわけで、それはつまり、自分を捨てないと自分になれない、ということでもあるわけでしょう。言葉というのは、そういう役割を担っているわけですね。そうするとやはり、自分と自分という関係がついてまわる。仮に一つの言葉がここにあれば、それでものが見えてきますね。だけど、その言葉で、自分が、ものが、初めて見えるのであって、それまでの自分の目ではものが見えなかった、自分も見えなかった。そういう言葉のむずかしさというのは、これはやっぱり教えないとね。

ところが、それが、平易ということで、逆にわかりよすぎるというか、困難さを感じさせないものになりすぎちゃっているんじゃないかと思うんですが、どうなんでしょうか。いったい日本では、学校とか設置者のやり方に忠実だと、たいへんに、親切すぎるぐらい親切だけれど、自分で考えるということになると途端に不親切になる。個性をのばせなんて言うけれど、個性がのびるようにやると放り出される。そこまで行かなくても、手をさしのべてくれる親切さがまるでない。

■言葉をひらく

谷川　これは非常に乱暴な言い方かもしれませんが、漢語というのは外国語だと感じている部分が僕にはあるんです。もちろん中国の文字を基礎にして、ひらがな・カタカナができたわけですから、文字そのものが異国語であるとは

その言葉で、ものが、初めて見えるのであって、それまでの自分の目ではものが見えなかった。そういう言葉のむずかしさ……（内田）

思わないんですが、明治以来の西欧的な概念をそのまま翻訳したような漢語というのは、なにかいまでも、外国語であるという気がしてしようがない。たとえば「哲学」なら「哲学」という言葉を、「てつがく」と表現すればそれですむかというと、むろんそれでは決してすまない。むしろ、明治以前のやまとことば系の言葉にしないと、その「哲学」はひらけないという意識が僕には常にあるわけです。つまり、専門家の間で通用して、しかも一般人もなにやらわかったつもりで使っている、そういうむずかしげな漢語による概念を、もっと日本人の心と体に即した古い言葉に置き換えたい。で、これは、ある程度は可能だろうという気がする。

だけど、そこで問題になるのは、そういう古い言葉にひらけない言葉というものをすでにわれわれは持ってしまっていて、言いかえれば、西欧的な文化というものがわれわれの文化のなかにもはや抜きがたく根をおろしてしまっている部分があって、それは切り離すことができないし……。

内田　切り離せないし、私は、それは必要なものだと思います。

谷川　そうですね。で、そうなると単に言葉をひらくという問題だけじゃなくて、そういう言葉を普通の人たちの暮らしの中に定着させていく努力というのが必要になってくる。いま内田さんがおっしゃったことは、そういうことだろうと思うんです。それは、その言葉を解釈したり、定義づけたりするということではむろんなくて、実際の生活のなかでその言葉がどういうふうに生きるか、ということになってくると思うし、それがたぶん日本人にとっては一番の課題なんじゃないでしょうか。

だから、二つのアプローチがあって、僕らは、まあ、ものを書く世界の人間

実際の生活のなかでその言葉がどういうふうに生きるか、ということになってくる。（谷川）

ですから、むしろ、言葉を漢語で定着させるよりももういっぺんひらがなにひらいてみようという方向で努力し、その方向ではどうしてもダメな部分は、われわれが実際に一人の個人として、その言葉を本当の意味で引き受けていくことしかないだろう、そんな気がするんです。ただ、その具体的な方向となると、これは非常にむずかしい。

内田　言葉をひらくという問題ですけど、ひらくことで、その人に実際に見えるかどうかが勝負だと思うんです。ですから、今度は逆にひらかない、って言うかな。仮にある漢語を使ったほうがより明確に見えるという、ちゃんとした兆候があれば、私は憶することなく堂々と使ったほうがいいと思うんですよ。つまり、その言葉でものが見えてくるかどうかということが勝負なんで、その言葉の由来がどこにあるかは、私はそう大きなことじゃないんじゃないか、という気がしますね。

抽象した上で現実を見る

谷川　たとえば「自治体」という言葉がありますね。その「自治体」の「体」という字はほとんど生きていないような気がするんです。ところが、相撲で言う「死体《しにたい》」という言葉の「体」の字は生きてるし、「文体」と言うときの「体」も、まあ、われわれはそれを一応専門としているわけで、多義的に体得されているところがある。だけど「自治体」と言うとき、僕たちは、内田さんも指摘していらっしゃる有機的な構造の全体としての「ボディ」ということをほとんど意識せずに、なんとなく、区役所にあります、みたいな感覚でとらえているわけですね。で、その自治体の「体」の字を体得するためには、文字通り、わ

その言葉でものが見えてくるかどうかということが勝負なんで……（内田）

れわれが実際そのなかで生きて働かなければ、動かなければだめだ。

そういう意味では、社会科学の用語に限らず言葉が生きるということが、われわれにとってどうもうまく自覚されていないような気がとてもするんです。その自覚をうながすという意味でも、教育というのは、非常に大きな意味を持つと思うんですね。

内田 やはり、あまり具体的なものだと、そのままでは他の状況でまったく使えないですからね。それを使うためには、一度抽象して、その抽象語を使えば、逆に、抽象されているからだれのなかでもその意味がふくらんできて、具体的になってくる。そういう意味では抽象語は絶対必要だと思います。必要であるだけではなくて、だれにも必要だから、そういう抽象語は、別に学者だけじゃなくて普通の人も使っていますよ。

これは前になにかに書いたことですが（「実社会と学問的抽象」*）、桐生《きりゅう》で織物の

＊「実社会と学問的抽象」 内田義彦『生きること 学ぶこと』所収（「おくる言葉」と改題）。

調査をしたことがありましてね。そのとき「デザインのうまい人間がいるからぜひ会ってごらんなさい」と言われて、その人に会い、どうやってデザインを予想するのかを聞いたんです。そしたら、「銀座へ行ってファッションショーを見て回る」と言う。僕、はじめ、冗談だと思った。それで、「うまいこと言って、東京へ行って遊んで来るんでしょう」と言ったら、叱られちゃってね。

お客さんは——お客さんって、僕のことです——シロウト（買い手）だから、今年の流行を知ろうと思えば、銀座の街でも歩いて見れば、それらしいのはわかるだろう。だけど、われわれはそんなものを知ってもなんの役にもたたない。必要なのは来年。来年はどうか。もし、まったくのゼロからわかるのなら、見る必要はない。しかし、ゼロからはわからないから、それで今年はどうかを調

言葉が生きるということが、われわれにうまく自覚されていない。（谷川）

べることになる。その場合、銀座なりのいわゆる現実をそのまま見てもダメで、ファッションショーを見る。――そう言うんですね。で、そのファッションショーがどういう役割を持っているかと言うと、「デザイナーがそれぞれ、私は今年はこれで行きます、ということを、純粋培養して押し出してくる場だ」と言う。専門店やなんかが、それを買ってきてはショーウィンドーに並べるけれど、実際はあれでもうけるつもりは全然ない。私の店はこれで行きます、という表示を表にかかげ、その十倍くらいにうすめたものを店に置いて、それでもうける。お客さんはそれを買って行くけれど、前からの手持ちがあるから、その流行で全部そろっているわけじゃない。そこでまた十倍くらいうすまる。だから最初から見ると百倍くらいにうすまった流行が、流行の最先端のような顔をして、銀座をブラブラ歩いていることになる。それが〝現実〟だ、と彼は言うわけです。

ところで、その〝現実〟は、〝水割り〟じゃなくて〝カクテル〟だ。つまり、単にうすめるだけじゃない、うすまる過程で、いろんな要素が入ってくるから、カクテルになる。だから、ファッションショーを見たあとで、銀座の街角にふいと立つと、最初の狙いが、その人の好みや別の力が働いて、どんなふうに変わっていってるのか、現実そのもののなかで見えてくるというわけですね。つまり、そこで現実の再構成が行なわれて、それによって来年がどうか、ということが読めるというわけです。

ようするに、彼は、僕に、一所懸命、「お客さん、現実をそのまま見てはダメですよ。抽象して、しかる上で現実を見るのでなければ、なにもわからない。現実をそのまま見ても、とんでもないことになるから、注意しなさい」って教

「現実をそのまま見てはダメですよ。抽象して、しかる上で現実を見るのでなければ、なにもわからない。」（内田）

えてくれているわけです。僕はもう顔が赤くなっちゃってね（笑）、学校で抽象が必要だとかなんとか言ってるけど、果たして、これだけの抽象化をやっているかどうか……。見渡したところ、どうもその程度の学問的作業もやっていない……。彼のほうがよっぽど学問的作業をやっているわけです。

■普通の人がやっている学問的操作

内田　で、彼だけじゃないと、私は思うんです。人は、本当にその仕事を自分の仕事としてやっていれば、必ず、そういう作業をやらざるをえない要素が出てくる。学問の場合の抽象はもう少し高度化してますから、むろん、それだけでは、社会全体の認識というところまでは到達しないかもしれない。けれど、少なくとも、学問とは一見関係のない、普通の人がやっている学問的操作、そこを手がかりにしていかないとダメだろうという気がするんです。いま、もし、彼に、彼の仕事と無関係に学問上の用語として〝抽象〟というような言葉を言っても、きっと全然わからないと思うんですよ。しかし、そこを手がかりにしゃべっていけば、抽象という仕事の意味が、その使い方が、もっと上手になるかもしれない。私は、やはり、それが根源だというか、そういう勉強の仕方が大事だと思う。そして、それは、社会科学というものの世界のなかで、高度に学問を高めていくよりも、むしろ平易じゃない、困難なことだと思います。しかし、社会科学が日本の全体に育つためには、これこそが必要だ。

確かに、日本の現実的基盤の中では、そういう抽象という作業が日常の中で育ってくるということが、あるいは日常の中でロジカルに話をするという機会が、少ないと思うんです。ですから、これはこれとして直していかなきゃいけ

日本の現実的基盤の中では、抽象という作業が日常の中で育ってくるということが、少ないと思うんです。(内田)

ない。しかし、それと同時にね、そういう世界であるにもかかわらず、やはり論理的思考や社会科学的思考が育ちつつある、ということも否定できない。その要素を、われわれ、全然無視してしまっているでしょう。そのことのほうが僕には大きい……。

だから、これは、ヨーロッパ生まれの科学は駄目だから日本の考えから、というような発想とはちょっと違う。ヨーロッパ主義と言われようがなんと言われようが、やっぱり僕は、科学は必要だと思いますし、そのために「科学的といわれているもの」の検討が必要だと思っているんです。

■「定義」することの大切さ

谷川　さきほどの母国語ということとも関連するんですが、日本人というのは、ほぼ単一民族・単一言語のせいか、割合、言葉を軽視するというか、っまり、言外の言が大事であるとか、以心伝心が大事であるとか、あまりしゃべる奴は軽蔑されるとか、そういう腹芸的なもので人間の交わりを進めていこうという傾向があると思うんです。そのせいかどうか、ある一つの言葉を定義してから使うということが非常に少ない。通じたつもりで、あるいは通じたふりをして、実際は、各自が自分勝手な使い方をしているということがやはりあると思うんですが、たとえば、内田さんに教えていただいた『子供のための経済学案内――レモンをどうやってお金に変えるか』*というアメリカの絵本を見ると、結局それは、全部、経済用語の定義で成り立っているわけですね。

そういう形で、つまり、言葉を厳密に使っていこうという動きがないと、いつまで経っても抽象的な言葉が非常に混乱した状態で使われるだけになってしまう。

日本人というのは、通じたつもりで、実際は各自が自分勝手な使い方をしているということがあると思う。（谷川）

＊邦訳『レモンをお金にかえる法――"経済学入門"の巻』R. アームストロング，佐和隆光訳，河出書房新社，1982年。

まう、という気が僕はするんです。どうして日本人というのは定義したがらないんでしょう。やっぱり最初から通じていると思いこんでいるんでしょうか。大学で社会科学を学ぶ場合は、一応定義というのがあるんじゃないでしょうか。

内田さんの『社会認識の歩み』のなかでは、たとえば「ボディ」なら「ボディ」という言葉を、辞書を引用されながら定義されてからお使いになっていますね。ところが、われわれが普段読む本のなかでは、そういうことは非常に少ない。辞書というものも、本来はある言葉を歴史的に定義しなきゃいけない本であるはずなのに、単なる言葉の言い換えであったり、解釈であったりすることが非常に多い。

で、たとえば古語辞典のような辞書が出ると、やっと語源に即して、われわれが普段なにげなく使っている言葉が定義され、意味が一挙に拡がって、なるほどと腑に落ちるところがある。前にフランスの高校で使う哲学の教科書を読んだことがあるんですが、あれなんかでも、まず言葉の定義というところから始まってますし、アラン*なんて人には『定義集』という本があるくらいで、つまり、定義するということが、単に言葉というものの意味を確立するだけじゃなくて、その言葉をそういうふうに使ってきた民族の歴史全体がわかるような形で考えられているところがあるんです。

ところが、われわれは、そういうようなことも、めんどくさがると言えばいいか、割合ムダだと考えているところがあるような気がするんですね。「民主主義」なんていう言葉も相当バラバラな形で使われているんじゃないかという気がしますが、いまもし、本当にそういう言葉が生きる社会がないとしたら、せめて、その言葉を厳密な意味で使うような習慣をつけないと、どうにも始まら

言葉を厳密に使っていこうという動きがないと、いつまで経っても抽象的な言葉が混乱した状態で使われるだけになってしまう。（谷川）

＊アラン　1868-1951，フランスの哲学者。『幸福論』他。

ない、そんな気持も僕のなかにあるんです。

■論理を育てる

内田　おっしゃる通りだと思います。やはり日本社会は、お互いに定義しなくても済む、そういう人びとが集まっていますし、定義することを、そういう関係に立つことをむしろ嫌がる。風習としてもない。なにか、家族の関係を法律上の家族の関係として取り扱われるような、それと似たような違和感があるんでしょうね。改めて君と僕とのあいだでなんだ、というようなね。お互いに、定義しなければならないような関係に身を置くことを避ける。

大体、議論が議論として論議されることが非常に少ないと思うんです。つまり、議論というのは、客観的なものでしょう。だれが言いだそうが同じことだと思うんですが、会議なんかでも、議論そのものより、この議論はだれが提議したか、ということへの関心のほうが議論そのものより強い（笑）。そうすると、あいつはもともとどういう人間だ、とかね、そんなことに話がいってしまって。関係ないんです、提議内容とはね。で、それを否定することは、その提議案が否定されることよりも、それを提議した人が否定されることになる。だから片方も簡単に引き下がらないですよ（笑）。ここで一歩後退すると、ことがたばこ一本でも、その指導力に関わる、そういう関係がありますからね。

日常の関心にしても、論理的に追いつめていって、これがいいかどうかということよりも、人間関係はいったいどうなっているのか、そういうほうに関心を向けがちですからね。社会科学的にものを処理するという前に、論理的にものを処理するという風習が少ないと思うんです。

日本社会は、お互いに定義しなくても済む、そういう人びとが集まっています。大体、議論が議論として論議されることが非常に少ない。（内田）

にもかかわらず、西欧主義と言われようが、私はどうしても、そういう社会にもっていかなくちゃいけないと思うんです。それにはやはり、言葉を、ちょっとしんどい目をしながらもそういうものとして使う風習が必要だし、少なくとも学校のようなところでは、かなり実験的にそれができるんじゃないかと思う。一定の期間、それこそかなり意識的にやれば、かなり論理的にいける場所ですからね。

ただ、しかし、実際の日本の教育制度のなかでは——とくに、そこに社会科学が入ってきた場合に——実際の社会のなかからは育ちにくくなっているような論理的思惟、あるいは定義する習慣ができにくくなっているというだけでなく、そこからちょっとでも育ちつつあるものを、むしろ阻止するような働きを、教育とか学問の世界とかが増幅している。だから、日本が変わっていくためには、一方でぎりぎりそれをやっていきながら、もう一方でもっと大状況の問題も同時に考えていくことが必要だと思いますけどね。しかし、これはやはり、かなりしんどい仕事かもわからない。

谷川　相当かどが立つ（笑）。

内田　やっぱり、智に働けば角が立つんですね（笑）。それはある意味で、かなりラディカルな思想内容を持っていることより、かえってしんどいかもしれませんね。だけど、より根本的だと思います。で、その場合、やはり、論理的にものを考えていくということと一緒に、文学者とか芸術家とか、そういう人たちの持っている姿勢というか、ある見方というものがないと、僕は論理が育ってこないと思うんです。論理の発端が、つまり、鋭敏な目というか、感覚であって、それがなければ磨けないわけだし、それによって初めてつかまえられる問

論理の発端が、鋭敏な目というか、感覚であって、それがなければ磨けないわけだし……（内田）

題もあるわけでしょう。

あるいは、社会科学的な論理で〝迂回〟してきたときに、それがどの程度鋭いかということは、やはり社会科学自体では処理できない。感覚の鋭さに、究極的には規定されてくるんじゃないでしょうか。だから、僕はやはり、本当の詩人というか、自分の作り出した言葉でものを見る、そういう鋭い目を持っている人間が少ないということと、論理的に考える人が少ないということとは、平行していると思いますね。しかし、これだけ言葉が問題になってきたということは、やはり言葉だけの問題じゃなくて、そういうことが絶対認識されてきているとみていいんでしょうかね。

■言葉が与えられれば経験がくっつく

谷川 『社会認識の歩み』のなかで、「参加」という言葉と「テイク・パート（take part）」という言葉を比較していらっしゃいますね。どんなに「参加」という言葉をいじっても、きっと「テイク・パート」という言葉は出てこなかったろうと思うんですが、逆に、英語で比較されると、われわれ、ぱっとわかるところがある。なにか、そういう形での比較文化的な定義の仕方というのが、可能になりつつあるような気がしますね。英語教育がどれだけ役に立っているか、ということには、また別の問題があると思うんですが、われわれのなかにそういう視点が育ってきているということは確かなんじゃないでしょうか。

内田　確かに、外国語によって日本語が豊富になっているというのは、ずいぶんありますね。それがなければ、日本語がオープンにならないとか、いろいろあると思うな。

本当の詩人が少ないということと、論理的に考える人が少ないということとは、平行している。（内田）

谷川　森有正《ありまさ》さんがおっしゃっている「経験によって言葉が定義される」というようなことは、結局、言葉の面から言うと、たとえば「愛」なら「愛」という一つの言葉を、どれだけ正確に、あるいは豊かに定義していくか、ということに見えるわけですし、人間の実際の暮らしの中での行動の面から言うと、自分が実際に愛するという行動をする場合に、どういう決断とか、どういう選択が必要かということが深められる、ということだと思うんです。

だから、その一人の人間が生きて、経験を負って――もちろん、その人間の背後に、その言語を使っている民族の全歴史的な経験というのがあるわけですが――、それによってある一つの言葉を定義していけるんだとしたら、それは、言葉の問題であると同時に、言葉以前の行動の問題でもあるというふうに僕は思うんです。

だから、もし、われわれが、「参加」という言葉を「テイク・パート」というように意味的にとらえるようになっていれば、行動としてはすでに、一人の個として、テイク・パートすることができるようになっているんだと思うんです。それができずに、「参加」はなるほど「テイク・パート」か、なんて言っていても、しようがない。想像力の世界、あるいは抽象の世界で、それがある程度わかっていなければ、「take part」が「参加」と言われても、ピンとこないわけでしょう。ピンとくるということは、われわれのなかに抽象的な観念としてすでにあるんだと思うんです。ただ、それが四十代に達するまでわからないから情けないんで、せめて幼稚園の時代からその訓練をやりたい（笑）……。

内田　つまり、言葉としては使っていなくて、概念としては持っている。その言葉を言われてみれば、それまでのいろんな自分の体験全部がくっついちゃ

ピンとくるということは、われわれのなかに抽象的な観念としてすでにあるんだと思うんです。（谷川）

う。そういう言葉ですね。それはさきほどの「抽象」という言葉を一言も使わないで「抽象」を自分のものにしている機屋《はたや》さんの例と同じでね。そこで一言与えられれば、たちまちのうちに自分の言葉になっちゃうんですよ。そして、その場合、その言葉を知っているほうが、やっぱり有効ですね。しかし、われわれは、そういうものとしては、教育とか学問とかいうものをあまり考えてこなかった……。僕なんかも、管理の学問としての学問体系のなかで考えてきた要素が、かなり強かったですね。

谷川　一冊の絵本が「参加」なら「参加」という一語を定義するために書かれてもいいという気がしますね。

内田　そうですね。ある一つの言葉に、それに吸い寄せられる事柄をすべて背負い込ませる、というようなことがあってもいい。専門的に見ると、そこまで言うのはちょっとムリだ、というようなことも一度背負い込ませてみて、あとからそれを整理していけばいいわけですからね。もう少し寛容に、大づかみのところを見ていけばいいと思います。

■科学にとらわれず科学的に考える

内田　僕はこの頃「天気予報」を見るのが好きでしょうがない。あれは、あの概念だけでは気象学の生産にはちょっとムリだと思いますが、しかし、消費財としては非常にうまい形になっていると思う。あれがあると、われわれは、ずいぶんと予測可能でしょう。なければ、実際困るくらい、便利ですよ。たとえ、それほど当たらなくても、僕はかなり有効だと思いますし、あれがあるために生産財としての気象学はずいぶん刺激を受けると思うんです。

その言葉を言われてみれば、それまでのいろんな自分の体験全部がくっついちゃう。そういう言葉ですね。（内田）

文学でも、文壇のなかだけで永久に評価が行なわれていたら、明治以来の文豪にしても、あれだけ浮かびあがってこなかったんじゃないでしょうか。やはり、いま言ったような消費財的性格があって、それによって、しようことなしに文壇に迎えいれられたという要素がずいぶんあるんじゃないかと思いますね。

われわれの専門分野のことにしたって、たとえば、富の定義などというのは、学問のなかからだけでは出てこないんじゃないでしょうか。むしろ、「富とは何ぞや」なんて考えているうちに、ちょっと学問のほうでももういっぺんよくそういうことを考えてくれませんか、などということがあって、定義というのは進むのであってね。で、実は、そういうことを、すでにアダム・スミスがやっている。『国富論《こくふろん》』がそうです。

あの時代、いわゆる中世の安定した社会が崩解して、それぞれの国が競い合っている社会でしょう。その場合、錦《にしき》の御旗《みはた》になったのが〝国富〟という言葉です。国の富を大にする。そのためには、どんな手を打ってもいい、というのが公認の原理だった。しかし、「国富」「国富」とみんなが言うけれど、それじゃいったい、国が貧乏だというのはどういうことだろう、ちょっと経済学から離れて考えてみよう、とアダム・スミスは言うわけですね。豊かだ、ということは、その構成員一人一人が豊かだということじゃないか、まさか構成員の大部分が貧乏で、その国を富国というはずはないだろう。ところが、現実を見るとそうじゃないわけです。たとえば当時富国というのは、スペインでありフランスであったわけだけれど、そういう国々のなかに入り、農村の様子なんかを見ると、富国政策が純粋に出ている国ほど一人一人は貧乏なわけですね。

すると錦の御旗の富国政策は実際には貧国政策であった。そして、歴史を見

たとえば、富の定義などというのは、学問のなかからだけでは出てこないんじゃないでしょうか。（内田）

ると、どうも、その〝富国〟が、当時の小国、豊かでないと思われていたイギリスやアメリカによって取って代わられていく。そこで、〝国富、国富と言うが、いったい国富とは何ぞや、一つ考えてみよう〟というのが『国富論』の標題「アン・インクワイアリー・インツー・ザ・ネイチュア・アンド・コウズィズ・オブ・ザ・ウエルス・オブ・ネイションズ」（*An Inquiry into the Nature and Causes of the Wealth of Nations*）です。だから、あの標題は、きわめて実在感のある標題なわけです。と同時に、そこで〝定義〟がすっかり変わってしまった。

いま〝富とは何ぞや〟と考えてみても、確かに国民所得はあがった、これは否定できない。だけども、なにか貧乏くさくなっていると言うかな、どうも豊かな感じがしなくなっている。別に何パーセントなんてことは言えませんけどね。でもそれは、ある人の人格が何パーセント増えたとか減ったとか言えないのと同じようなものでね、言えないけれど、たしかに貧しくなったというようなことがある。

私はやはり科学というものも、詩的な世界の言葉なりをリアリティをもって入れこみながら、考えていかなきゃならないものだと思う。そういういろんなところからくる〝定義〟を、あっちにやったり、こっちにやったり交換させながら、豊かで、しかも学問的に正確なものにしていくという作業が、繰り返すようだけれど、大事だという気がします。

経済学専門の人はその専門の視点からだけものを見、否定する人は問題を科学的に見ることをはじめからあきらめている。科学の概念自体を変えて、科学にとらわれず、しかも科学的に考えていくことが要るんですね。


科学というものも、詩的な世界の言葉なりをリアリティをもって入れこみながら、考えていかなきゃならないものだと思う。（内田）

〈解　説〉

解説という名の広告

天野祐吉

このお二人の対談を『広告批評』で企画し、実施し、原稿にまとめたのは、同僚の島森路子である。「異色の」というか「意外の」というか、この顔合わせによる対話は、一九八〇年から八三年まで、「言葉」「広告」「音楽」という三つを主題に、年に一回のペースでおこなわれた。

どれも中身の濃い対談になったが、正直に言ってこの「広告」だけは、どんな話になるのか、事前に想像がつかなかった。が、実際に話がはじまってみると、これまでの広告論にはまったくなかったようなアプローチで、次から次へ、びっくりするような言葉が、見方が、現れてくる。聞いているこちらは終始ドキドキの連続だったのを、四半世紀以上たったいまでも、はっきりおぼえている。

谷川さんをお連れして、鷹番の内田さんのお宅にうかがったのは、一九八一年の四月だった。この年は、テレビCMでは郷ひろみの「キンチョール」が、新聞広告では西武百貨店の「不思議大好き」が、それぞれ評判になった年である。個々の商品を売る広告から、企業のブランドイメージを売る広告へ、別の言い方をすれば、これまでは販売戦略の道具だった広告が、企業の文化戦略の手段に大きく内容を変えていくような、ちょうどそんな時期だった。

広告の社会的な影響力が、年々強大になっていくにつれ、当然、広告に対する批判もまた大きくなる。不必要な欲望をかきたて浪費を誘発する悪者として、広告はしばしば批判の対象になっていた。

お二人の話にも、そういった広告への批判が出てくるかと思っていたのだが、そうしたものはまったく出てこない。そういうことよりも、広告の本質を深いところでとらえようとする対話に終始したのが、ちょっと意外でもあったし、刺激的でもあった。

「その時代の社会の自己表出、みたいな面が広告にはあって、それは、作り手の名前を必要としない、つまり無名性という性格を持ったフォークアートのジャンルに属するようなものではないか」と、谷川さん。たとえば、金魚売りは金魚と一緒に夏の風物詩を運んでくるのだといった例を引きながら、谷川さんは「表示」ではなく「表現」にこそ広告の本質があると見る。

「しかし現実は、そういう夢を創る働きが、大企業や政府に独占されていて、それを作る人たちというのも、優秀であればあるほど、結局それに組みこまれていく」と、谷川さんの言う「アート」の働きに同意しながらも、内田さんはその危うさに言及する。が、その内田さんも、広告をけしからんと言って批判しているだけでは本当の批判にはならないと言う。広告の持つ不思議な魅力をしっかり本質でとらえ、そこから出発して現代の広告を批判するのでなければ、本当の批判にはならないと語る。

このへんのお二人の対話は、ときに離れ、ときに交差しながら、言葉に厳密に、しかし楽しげに進んでいく。そして後半は、「広告する」という行為が、単に経済に付属した活動ではなく、人間の中にある本能的な欲求に結びついた活動ではないかという、興味しんしんの話になっていくのだ。

その面白さは、対話をじっくり読んでもらえばいいことだが、内田さんは、自分を広告したがるのは人間の性であり、それを否定することは人間の存在を否定することになると言う。その性を認めるところからはじめなければ、広告論も広告批判も、しょせんは皮相的なものになってしまうのではないかというのが、この対話の後半で内田さんが強調されたことだったと言っていい。

そう考えると、広告は近代の資本主義と不可分のものとは言えなくなる。げんに、江戸時代の日本には、世界でも例を見ないような広告文化の花が咲いた。谷川さんが言っているように、文化現象としての広告は、資本主義以前の昔からちゃんと広告に内在していたのである。考え方によれば、それは人類が社会を形成した時から、人類とともにあったと言ってもいいかもしれない。

その広告を、資本主義の大波が飲みこんだことから、広告の退廃が生まれ、広告への批判も高まることになってくるわけだが、この対話が行われたころに広告をとりまいていた環境は、それから四半世紀を過ぎたいま、大きく変わろうとしている。

ひとことで言えば、それはマスメディア社会からウェブ社会への確実な移行であり、それにともなう広告の場の変容である。げんに、インターネットをメディアとする人びとの動きが、いまや大きな波になってマスメディアを飲みこもうとしているのは、誰もが認めるところになった。

そんなことから、広告とその周辺では、広告の未来を危ぶむ声が、いろいろ生まれている。だが、変わるのは広告のメディア環境であって、広告そのものではない。時代のフォークアートとしての広告は、そして、人間の性としての広告は、これからも変わることなく生きつづけるに違いない。

それにしても、経済行為としての広告ではなく、人間行為としての広告の本質をこれほど深くとらえた広告論は、この後も出てきていない。メディア環境の変化の中で、広告とは何かが見えにくくなっているようないまこそ、このお二人の言葉に耳をすます必要があるんじゃないだろうか。

「人間は広告する動物である」というのが、この対話を聞いて以降、ぼくの

「人間」の定義になった。

あまの・ゆうきち　コラムニスト。一九三三年生。マドラ出版を設立、『広告批評』誌主宰。『朝日新聞』連載の「CM天気図」が好評を得ている。著書に『私説　広告五千年史』（新潮選書）『天野祐吉のことばの原っぱ』（まどか出版）『広告論講義』（岩波書店）他。

〈解説〉

二つの軌跡

竹内敏晴

内田義彦さんには、若い頃お目にかかったことがある。眼鏡の奥からのぞきこむようにして話しかけてくる温かいが強い声——たしか、私が演出した木下順二作「沖縄」の劇場のロビーで声をかけて下さった。ずっと後に『社会認識の歩み』を読んだ時、改めてその思考の深さと広がりに感動した。

谷川俊太郎さんは、聴覚言語障害者でことばが話せなかった私にとっては、まずは天上のうたびとだった。お会いするようになってからは、話しことばの手習いの、及びもつかぬお手本の一人になった。その目配りの均整さにはいつも驚かされていた。

このお二人が、とても重い問題を語りあっている。日本語がひとりひとり自立した市民のことばとして、どうしたら成り立ちうるか、という問題に、社会科学者と詩人の立場から力いっぱい迫っている。

そもそも「にほん語が言葉になるとき」という標題はかなり挑発的だ。この一句には二つの問いが含まれている。

一つは、「にほん語」はことばとして不完全だ、成熟するにはなにが要るのか、であり、二つめは、「にほん語」はある使われ方をした時はじめていきいきと充実した姿を見せる、それはどんな場合か、ということだ。

この対談は、どちらかというと第一の問いを内田さんが第二の問いを谷川さんが主に担って、お互いに支えあいつつ次第に問題を深めてゆく。

一九七九年に「小学校教科書の試案」という形で発表された『にほんご』は大きな波紋を呼び起こした。それまでの国語教育の思考の枠組をはるかに超えた視野に立つ「試み」だったからだ。

この本は「わたし　かずこ」で始まる。わたしはもろ手をあげて賛成した。なによりも「子どもの話しことばから始めるのがいい」からだったが、教育関係者からの反応はすべて「それでは困る。わたしはかずこです、という言い方が正しい」だった、と谷川さんから聞いて唖然とした。「わたしはかずこです」は正しい言い方どころではない、文章の中でのみ使われるまちがった人工語だとわたしは考えるが、それは別のこと、谷川さんの言うところを聞こう。

国語という学科がまずあって、それが、子供の現実の毎日の暮らしとは関係のないところで、一方的に教えられている。

こういう気づきが教育関係者の間にどれだけあったろうか。

規範になるものを出していく前に、子供の具体的な生活と結びつけるものがないと、言葉というものは死んでしまうんじゃないか。

「ことばが、死んでしまう」という怖れをもって授業にのぞんでいる教員が、どれだけいるだろうか?

そうでないと、自分と他という人間関係の中で実際に生きて働く言葉がどこかへ行ってしまう(略)結局、言語というものを知識の一種の体系みたいなものにしてしま(う)。

谷川さんは「最初の野心としては」体育も音楽も社会も数学も出てくるような「常に言葉を中心にしていろんな枝が伸びているということを子供たちに体得させることができれば」と思っていたが、とにかく初めから学科を分けてしまうのはまずいいんじゃないかとも言っている。

わたしは内田さんの別の対談で森有正氏が語っているフランスの数学教育の話を思い出した。フランスの学校では数学の試験に、たとえば $(a+b)^2=a^2+2ab+b^2$ という代数の公式を「正しいフランス語で書き表わしなさい」という問題が出る、というのだ。この作文の出題以上にわたしが驚いたのは、この答を教師が添削してゆくうちに、「それについては一つしか正しい言い方あるいは命題がなくなってしまう」ということばだった。


これに対しての内田さんの応えは、外国語文献と長年取り組んできた社会科学者らしい広い視野のものだ。「日本語ではまだリテラチャーが成り立っていない」。

リテラチャーとはなんだろう、というと、アダム・スミスの『国富論』のような社会科学の古典でも、専門家だけのための難しい学術語で書かれているわけではない、詩や小説と同じ言語作品として「ふつうの人がふつうに使っていることばで」（これは谷川さんの用語）書かれ読まれている、ということだった。

内田さんはそれを一言で「社会科学が日本語で考えられる」ようにならない限り「日本語はまだどこか言葉として一人前でない」と言う。これは哲学や法律学でも同じだろう。

社会科学の助けを借りて初めてものが見えてきた（略）いままで実体と思っていたものが実は実体ではない（略）日常の言葉より、より深く実体をとらえる言葉として社会科学の専門語が出てくる。その出会いを待って（略）言葉を採用する。そのときその言葉は、その人の日本語になるんですね。

この内田さんの希いは、恐らく戦時下の思想弾圧下の体験の記憶に根付いている。日常の暮らしのあくせくを超えて社会の動き全体を見る方法として社会科学的認識を、ひとりひとりが持たないと、人は権力の強引なあるいは巧妙な操作に、無自覚のうちに流されてしまい易いのだ、と。

二人の志すところの対比から始まる、「リテラチャー」あるいは論理的な言語の建設への筋道の討論は、常に「ことばが生きる」ことを巡って白熱化してゆくのだが、その努力の焦点は「定義すること」に絞られてくる。

谷川さんが、日本人はほぼ単一民族単一言語のせいか、以心伝心とか、腹芸的なもので人間の交わりを進めていこうという傾向があって、「一つの言葉を定義してから使うということが非常に少い」と指摘する。

と内田さんは「やはり日本社会は、お互いに定義しなくても済む、そういう人びとが集まっていますし（略）お互いに定義しなければならないような関係に身を置くことを避ける」と応じる。ことばの問題は人間関係の問題なのだ。むしろ定義し切れないようなあいまいさにこそ日本語の美しさがある、という主張が、現在の海外向けの日本語教育にまで持ち込まれていることを知って驚いたことがある。わたしのようなことばの障害を持つものにとってはアイマイさはかたきなのだ。一つのことばがなにを示しているのかがはっきりしなければ聞こえてもとまどうばかりだし、そのことばを発語することはできない。

谷川さんが対談の中でふれている「参加」ということばについての内田さんの指摘が心に残る。これは著書『社会認識の歩み』に出てくる話だ。

例の「勝つことではなくて参加することが重要だ」というオリンピックで有名になった言葉がありますね。（略）私は Not to win, but to take part という言葉が電光板に写ったときハッと思いました。take part といえば一人一人がその分担を決断と責任をもって行為することだが、「参加する」という日本語になると「ともかく顔を出しておけばいいんだろう（略）というはなはだ無責任な言葉に化けます。」「会議なんかでも『賛成、異議なし』というようなこと」に流れ易い。「しかし一人一人が責任をもって問題を立て結論を出すという共同の作業に参加することになると、事実を、断片的に流れてくる情報をもとにして正確に捉えることが自分の問題になりましょう」。これは「参加」ということばが、その原語と比較することによって定義し直されて新しいことばになったということだ。

この対談は一九八〇年に行われた。当時は戦後の日本資本主義の高度成長が絶頂期に近づき、消費社会の出現、一億総中流の呼び声のあがっていた頃で、ひとりひとりの市民の自立、というイメージが手探りされ出していた、と言ってよい。日本語に関していえば、戦後のいわゆる国語改革に対する反動として、漢字文化の再評価、方言の生活感重視より標準語の正統性尊重などが主張され始めた頃である。

お二人のこの対談は、古くは柳田国男の「常民のことば」、敗戦後なら大村はまの「私はことばを生きる力として育てたいと思ってきました」、あるいは竹内好の「国語は成立していない」などの志のつながりの中で考えることができる。いわば「国民語」を作り出すにはどうするかという課題の担い手の一環として見ることができよう。

それから三〇年近く経った。

新聞で今、戦中戦後の新聞の、権力の言論弾圧に対しての応接の実態が連載されている。言論を担うものの責任を改めて自己点検する動きは、言論統制の圧力がふたたび迫ってきていることを嗅ぎつけたカナリアの叫びなのだろうか。

教育の現場をはじめ多くの職場において、今、議論は、内田さんの指摘した伝統的な「非・議論」を超えて、もはや、上からの結論のみありきの「無議論」の圧しつけになりつつあり、若い世代はすでに「そういうものだ」と心得て指示通りに「任務」をこなすほか興味を示さないという姿勢になりつつある様子。

だが一方では追いつめられた派遣労働者たちが組合を結成し声をあげ始めてもいる。ここではお二人の提起する、議論の仕方も社会科学的認識も「定義の仕直し」も「生きたことば」としてじかに要請されざるを得ない。

内田・谷川お二人の「にほん語」が「言葉になる」ための提言は、しぶとく生き続けなければなるまい。内田さんのリテラチャーへの努力が結晶した名著『資本論の世界』の文体に対して森有正氏は「流れるように入ってきました」といい、続いて「日本語に変貌しつつあるドイツ語という感じを受けました」という。道のりは遥かだ。

たけうち・としはる　演出家。一九二五年生。生後まもなく難聴、四十余年後に「ことばが劈かれる」。劇団ぶどうの会を経て竹内演劇研究所開設（〜八六年）。現在「からだとことばのレッスン」主宰。著書に『声が生まれる』『生きることのレッスン』他。

編集後記

本書は、一九八〇〜八二年にかけて『広告批評』誌に掲載された、内田義彦氏、谷川俊太郎氏の対話三本を一書にまとめたものである。本書に掲げてある注、左頁末の書き抜きなどは、この度の出版に際して藤原書店編集部で作成した。

それぞれ「音楽」、「広告」、「日本語」という大きなテーマを掲げた対談であったが、本書企画にあたって、両氏の発言が三十年近くを経てなおまったく古びていないことを改めて感じた。経済学者として専門的領域にとどまらず、「学問（社会科学）はどうあるべきか」「一人一人が生きていることの絶対的意味」という問題をたてて格闘し続けた内田義彦氏と、絵本や童話、翻訳と多領域にまたがって、詩人として卓越した仕事を次々と打ち出してこられた谷川俊太郎氏。読み進むにつれ、二人が「広告」や「音楽」というテーマにおいてまでこれほど深く会話をかわす現場を、言葉を通して目の当たりにし、現代の日本において失われている、さまざまな領域を超えて対話することの可能性のヒントを得る思いがした。ぜひ、若い方々に読んでいただきたいと願っている。読者諸賢のご批評をいただければ望外の幸せである。

（藤原書店編集部）

初出等一覧

音楽　この不思議なもの　『広告批評』株式会社マドラ、一九八二年、初出、『内田義彦著作集』岩波書店、一九九一年、所収。

広告的存在としての人間　『広告批評』一九八一年、初出、『形の発見』藤原書店、一九九二年、所収。

にほん語が言葉になるとき　『広告批評』一九八〇年、初出、『ことばと音、そして身体』藤原書店、二〇〇一年、所収。

谷川俊太郎（たにかわ・しゅんたろう）

一九三一年生。詩人。一九五三年、やがて強力な戦後詩の第二世代を形成することになる同人詩誌『櫂』に参加。子どものうたや絵本にも仕事を広げる。詩集に『二十億光年の孤独』（創元社、一九五二年）『六十二のソネット』（創元社、一九五三年）『メランコリーの川下り』（思潮社、一九八九年）『私―谷川俊太郎詩集』（思潮社、二〇〇七年）ほか多数。翻訳にC・M・シュルツ『スヌーピーたちの人生案内』（主婦の友社、二〇〇七年）などがある。

内田義彦（うちだ・よしひこ）

一九一三年生。経済学者。東京帝国大学卒業後、専修大学で教鞭をとる（一九四六-八三）。一九八九年三月死去。著書に『経済学の生誕』（未來社）『資本論の世界』『社会認識の歩み』（以上岩波新書）他多数。『日本資本主義の思想像』で毎日出版文化賞（一九六七）、『作品としての社会科学』で大佛次郎賞（一九八一）。『内田義彦著作集』全一〇巻（一九八八～八九、以上岩波書店）を刊行。著作集未収録作品集『形の発見』（一九九二年）、その他『内田義彦セレクション』全四巻（二〇〇〇～〇一年、以上藤原書店）を刊行。

対話《たいわ》　言葉《ことば》と科学《かがく》と音楽《おんがく》と

2008年 4月30日　初版第1刷発行©

著　者　谷川俊太郎
　　　　内田義彦
発行者　藤原良雄
発行所　株式会社 藤原書店
〒162-0041　東京都新宿区早稲田鶴巻町523
TEL　03（5272）0301
FAX　03（5272）0450
振替　00160-4-17013
印刷・製本　中央精版印刷

落丁本・乱丁本はお取り替えします
定価はカバーに表示してあります
Printed in Japan
ISBN978-4-89434-622-2

哲学者と演出家の対話

からだ＝魂のドラマ

〈「生きる力」がめざめるために〉

林竹二＋竹内敏晴

竹内敏晴編

『竹内さんの言う〝からだ〟はソクラテスの言う〝魂〟とほとんど同じですね』（林竹二）の意味を問いつめたくてこの本を編んだ。」（竹内敏晴）子供達が深い集中を示した林竹二の授業の本質に切り込む、珠玉の対話。

四六上製　二八八頁　二二〇〇円（二〇〇三年七月刊）

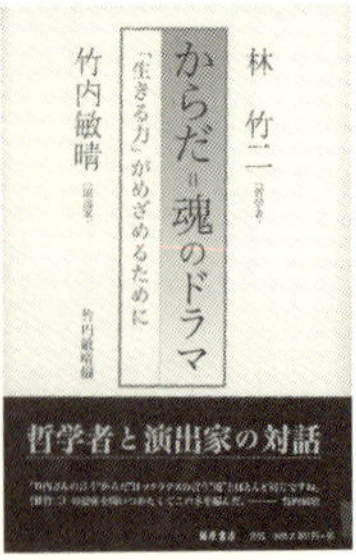

「祈り」「許し」「貧しさ」

聖地アッシジの対話

〈聖フランチェスコと明恵上人〉

J・ピタウ＋河合隼雄

宗教の壁を超えた聖地アッシジで、カトリック大司教と日本の文化庁長官が、中世の同時代に生きた二人の宗教者に学びつつ、今、人類にとって最も大切な「平和」について徹底的に語り合った、歴史的対話の全記録。

B6変上製　二三二頁　二二〇〇円（二〇〇五年二月刊）

子どもの苦しさに耳をかたむける

子どもを可能性としてみる

丸木政臣

学級崩壊、いじめ、不登校、ひきこもり、はては傷害や殺人まで、子どもをめぐる痛ましい事件が相次ぐ中、半世紀以上も学校教師として、現場で一人ひとりの子どもの声の根っこに耳を傾ける姿勢を貫いてきた著者が、問題解決を急がず、まず状況の本質を捉えようと説く。

四六上製　二二四頁　一九〇〇円（二〇〇四年一〇月刊）

九ヶ国語に翻訳の名著

〈FS版〉赤ちゃんは知っている

〈認知科学のフロンティア〉

J・メレール、E・デュプー

加藤晴久・増茂和男訳

赤ちゃんには生まれつき言語能力があるか？　認知科学の世界的権威が、実験に基づき、赤ちゃんが生まれつき持っている能力を明快に説く。「赤ちゃん学」読本としても好評の書。

四六並製　三六〇頁　二八〇〇円（一九九七年一一月／二〇〇三年一一月刊）

NAÎTRE HUMAIN

Jacques MEHLER et Emmanuel DUPOUX

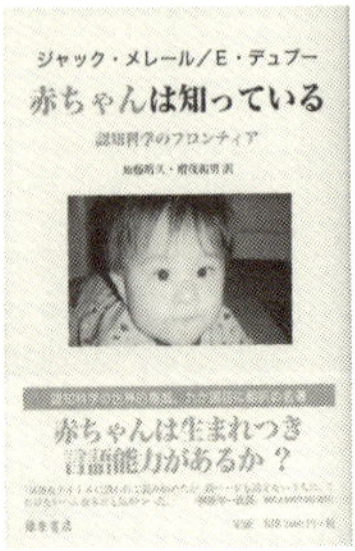

日本経済改革の羅針盤

五つの資本主義

（グローバリズム時代における社会経済システムの多様性）

B・アマーブル
山田鋭夫・原田裕治ほか訳

市場ベース型、アジア型、大陸欧州型、社会民主主義型、地中海型――五つの資本主義モデルを、制度理論を背景とする緻密な分類、実証をふまえた類型化で、説得的に提示する。

A5上製　三六八頁　四八〇〇円
（二〇〇五年九月刊）

THE DIVERSITY OF MODERN CAPITALISM
Bruno AMABLE

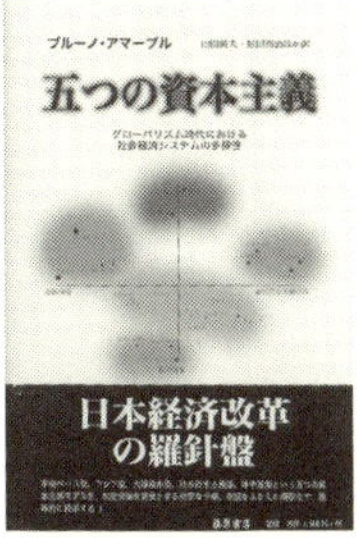

資本主義は一色ではない

資本主義VS資本主義

（制度・変容・多様性）

R・ボワイエ　山田鋭夫訳

各国、各地域には固有の資本主義があるという視点から、アメリカ型の資本主義に一極集中する現在の傾向に異議を唱える。レギュラシオン理論の泰斗が、資本主義の未来像を活写。

四六上製　三五二頁　三三〇〇円
（二〇〇五年一月刊）

UNE THÉORIE DU CAPITALISME EST-ELLE POSSIBLE?
Robert BOYER

新たな「多様性」の時代

脱グローバリズム宣言

（パクス・アメリカーナを越えて）

R・ボワイエ＋P-F・スイリ編
青木昌彦　榊原英資　他
山田鋭夫・渡辺純子訳

アメリカ型資本主義は本当に勝利したのか？　日・米・欧の第一線の論客が、通説に隠された世界経済の多様性とダイナミズムに迫り、アメリカ化とは異なる21世紀の経済システム像を提示。

四六上製　二六四頁　二四〇〇円
（二〇〇二年九月刊）

MONDIALISATION ET RÉGULATIONS
sous la direction de Robert BOYER et Pierre-François SOUYRI

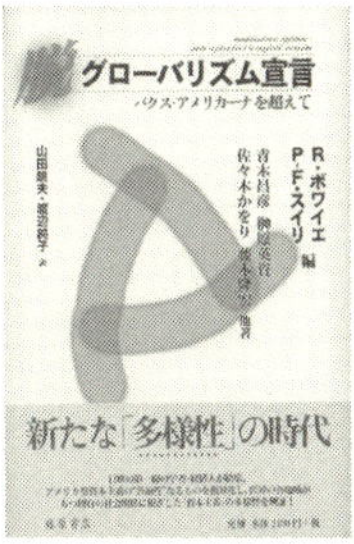

日仏共同研究の最新成果

戦後日本資本主義

（調整と危機の分析）

山田鋭夫＋R・ボワイエ編

山田鋭夫／R・ボワイエ／磯谷明徳／植村博恭／海老塚明／宇仁宏幸／遠山弘徳／平野泰朗／花田昌宣／鍋島直樹／井上泰夫／B・コリア／P・ジョフロン／M・リュビンシュタイン／M・ジュイヤール

A5上製　四一六頁　六〇〇〇円
（一九九九年二月刊）

マーラー研究の記念碑的成果

マーラー 交響曲のすべて

C・フローロス

前島良雄・前島真理訳

マーラーを包括的に捉えた初の成果！ 全交響曲を形式・自伝の両面から詳述、マーラーの交響曲が「絶対音楽」にとどまらず存在に対する根本的な問いかけを含み、個人的・伝記的・文学的・哲学的意味をもつことを明らかにする。

Ａ５上製 四八八頁 **八八〇〇円**
（二〇〇五年六月刊）

GUSTAV MAHLER VOL. III—DIE SINFONIEN
Constantin FLOROS

初の本格的研究

ガブリエル・フォーレと詩人たち

金原礼子

フランス歌曲の代表的作曲家・フォーレの歌曲と詩人たちをめぐる初の本格的研究。声楽と文学双方の専門家である著者にして初めて成った、類い稀な手法によるフォーレ・ファン座右の書。

〔附〕略年譜、作品年代表ほか。

Ａ５上製貼函入 四四八頁 **八五四四円**
（一九九三年二月刊）

音楽と文学を架橋する

フォーレの歌曲とフランス近代の詩人たち

金原礼子

歌曲・ピアノ曲・室内楽に優れ、抒情的な作風で人気の高いフランスの作曲家ガブリエル・フォーレ研究の第一人者が、積年の研鑽を総合。世界に類を見ない学際的手法、歌曲と詩の領域横断的考察で文学と音楽研究を架橋。

Ａ５上製 六二四頁 **八八〇〇円**
（二〇〇二年二月刊）

初の自伝、独自のショパン論

音霊《おとだま》の詩人

〈わたしの心のショパン〉

遠藤郁子 音楽CD&BOOK

「ピアノの詩人」ショパンの音霊を現代に伝える日本人唯一のピアニスト遠藤郁子の初の自伝であり、独自のショパン論。自宅愛用のピアノで録音した本書関連全十四曲＋ナレーションのＣＤ付。**〈収録曲〉エチュード「革命」、プレリュード「雨だれ」、ポロネーズ「英雄」他**

四六変並製特製ケース入 CD14曲60分
三〇四頁（カラー一六頁） **五五〇〇円**
（二〇〇四年一一月刊）